畢璞全集・散文・八

心底微波

【推薦序一】
老樹春深更著花

封德屏

一九八六年四月，畢璞應《文訊》雜誌「筆墨生涯」專欄邀稿，發表〈三種境界〉一文，她在文末寫道：

這種職業很適合我這類沉默、內向、不善逢迎、不擅交際的書呆子型人物，我很高興我當年選擇了它。我既沒有後悔自己走上寫作這條路，又說過它是一種永遠不必退休的行業；那麼，看樣子，我是注定了此生還是要與筆墨為伍了。

畢璞自知甚深，更有定力付之行動，近三十年來她持續創作，陸續出版了數本散文、小說、自選集；三年前，為了迎接將臨的「九十大壽」，她整理近年發表的文章，出版了散文集

《老來可喜》。年過九十後，創作速度放緩，但不曾停筆。二〇〇九年元月《文訊》創辦的「銀光副刊」，至今刊登畢璞十二篇文章，上個月（二〇一四年十一月），她在「銀光副刊」發表了短篇小說〈生日快樂〉，此外，也仍偶有文章發表於《中華日報》副刊。畢璞用堅毅無悔的態度和纍纍的創作成果，結下她一生和筆墨的不解之緣。

一九四三年畢璞就發表了第一篇作品，五〇年代持續創作，創作出版的高峰集中在六〇、七〇年代。一九六八年到一九七九年是她作品的豐收期，這段時間有時一年出版三、四本，甚至五本。早些年，她是編寫雙棲的女作家，曾主編《大華晚報》家庭版、《公論報》副刊、《徵信新聞報》家庭版，並擔任《婦友月刊》總編輯，八〇年代退休後，算是全心歸回到自適自在的寫作生涯。

真摯與坦誠是畢璞作品的一貫風格。散文以抒情為主，用樸實無華的筆調去謳歌自然，讚頌生命；小說題材則著重家庭倫理、婚姻愛情。中年以後作品也側重理性思考與社會現象觀察。畢璞曾自言寫作不喜譁眾取寵、不造新僻字眼，強調要「有感而發」，絕不勉強造作。

畢璞生性恬淡，除了抗戰時逃難的日子，以及一九四九年渡海來台的一段艱苦歲月外，自認大半生風平浪靜。「淡泊名利，寧靜無為」是她的人生觀，讓她看待一切都怡然自得。雖然前後在報紙雜誌社等媒體工作多年，一九五五年也參加了「中國婦女寫作協會」，可能如她自己所言「個性沉默、內向，不擅交際」，多年來很少現身文壇活動。像她這樣一心執著於創作的人和其作品，在重視個人包裝、形象塑造，充斥各種行銷手法的出版紅海中，很容易會被湮沒遺忘。

然而，這位創作廣跨小說、散文、傳記、翻譯、兒童文學各領域，筆耕不輟達七十餘年的資深作家，冷月孤星，懸長空夜幕，環視今之文壇，可說是鳳毛麟角，珍稀罕見。在人們華服高軒、闊論清議之際，九三高齡的她，老樹春深更著花，一如往昔，正俯首案頭，筆尖不斷流淌出款款深情，如涓涓流水，在源遠流長的廣域，點點滴滴灌溉著每一寸土地。

感謝秀威資訊科技股份有限公司，在文學出版業益顯艱辛的此刻，奮力完成「畢璞全集」二十七冊的巨大工程。不但讓老讀者有「喜見故人」的驚奇感動，也讓年輕一代的讀者，有機會可以在快樂賞讀中，認識畢璞及其作品全貌。我們也希望透過文學經典這樣的再現與傳承，向這位永遠堅持創作的作家，表達我們由衷的尊崇與感謝之意。

民國一〇三年十二月

（封德屏：現任文訊雜誌社社長兼總編輯、臺灣文學發展基金會執行長、紀州庵文學森林館長。）

【推薦序二】

老來可喜話畢璞

吳宏一

一

上星期二（十月七日），我有事到《文訊》辦公室去。事畢，封德屏社長邀我去參觀她們蒐集珍藏的期刊。看到很多民國五、六十年前後風行文壇的文藝刊物，目前多已停刊，不勝嗟嘆。《暢流》、《自由青年》、《文星》等我投過搞、發表過創作的刊物不說，連一些當時發行不廣的小刊物，她們也多有蒐集。其用心之專、致力之勤，實在不能不令人讚嘆。於是我向她提起我高中以迄大學時期文學起步的一些往事，中間提到若干文藝刊物和若干文壇前輩對我的鼓勵和影響。其中特別提到我大學一年級，民國五十年的秋天，剛進入台大中文系讀書時所認識的一些前輩先進。像當時住在濟南路的紀弦，住在廈門街的余光中，住在南昌街菸酒公賣局宿舍的羅悟緣，住在安東市場旁的羅門、蓉子……我都曾經一一去走訪，謝謝他們採用或推薦過我的作品。過程歷歷在目，至今仍記憶猶新。比較特別的是，去新生南路夜訪覃子豪時，還遇見過魏子雲；去峨嵋街救國團舊址見程抱南、鄧禹平時，還順道去《公論報》採訪副刊主編畢璞……。

一提到畢璞，德屏立即接了話，說「畢璞全集」目前正編印中，問我願不願意為她「全集」寫個序言。我答：寫序不敢，但對我文學起步時曾經鼓勵或提攜過我的前輩，我非常樂意寫紀念性的文字。不過，我也同時表示，我與畢璞五十多年來，畢竟才見過兩三次面，她的作品我讀得並不多，要寫也得再讀讀她的生平著作，而且也要她還記得我，對往事有些共同的記憶才好。所以我建議，請德屏代問畢璞兩件事：一是她記不記得在我大一下學期（民國五十一年春），她和另一位女作家到台大校園參觀之事；二是她在主編《婦友》月刊期間，記不記得曾經約我寫過詩歌專欄。

德屏說好。第二日早上十點左右，畢璞來了電話，客氣寒暄之後，告訴我：她記得她和鍾麗珠早年曾到台大校園和我見過面，但對於《婦友》約我寫專欄之事，則毫無印象。她知道我沒有讀過她的作品集，說要寄兩三本來，又知道我怕她年老行動不便，改口說，要不然，幾天內如果我能抽空，就煩請德屏陪我去內湖看她，由她當面交給我，同時可以敘敘舊、聊聊天。

我當然贊成。我已退休，時間容易調配，只不知德屏事務繁忙，能不能抽出空暇。想不到與德屏聯絡後，當天下午，就由《文訊》編輯吳穎萍小姐聯絡好，約定十月十日下午三點一起去見畢璞。

二

十月十日國慶節，下午三點不到，我就如約搭文湖線捷運到葫洲站一號出口等。不久，德屏與穎萍來了。德屏領先，走幾分鐘路，到康寧老人安養中心去見畢璞。途中德屏說，畢璞雖然年逾九旬，行動有些不便，但能以歡樂的心情迎接老年，不與兒孫合住公寓，怕給家人帶來不便，所以獨居於此，雇請菲傭照顧，生活非常安適。我聽了，心裡也開始安適起來，覺得她是一個慈藹安詳而有智慧的長者。

見面之後，我更覺安適了。記得我第一次見到畢璞，是民國五十年的秋冬之際，在西門町附近康定路的一棟木造宿舍裡，居室比較狹窄；畢璞當時雖然親切招待，但總顯得態度拘謹。相隔五十三年，畢璞現在看起來，腰背有點彎駝，耳目有些不濟，但行動尚稱自如，面容聲音卻似乎數十年如一日，沒有什麼明顯的變化。如果要說有變化，那就是變得更樸實自然，沒有絲毫的窘迫拘謹之感。

由於德屏的善於營造氣氛、穿針引線，由於穎萍的沉默嫻靜，只做一個忠實的旁聽者，那天下午，我和畢璞有說有笑，談了不少往事，讓我恍如回到五十三年前的青春年代。那時候，我才十八歲，剛考上台大中文系，剛到陌生而充滿新鮮感的臺北，常投稿報刊雜誌，常拜訪前輩作家。有一天，我到西門町峨嵋街救國團去領新詩比賽得獎的獎金，順道去附近的《聯合報》和《公論報》社。我到《公論報》社問起副刊主編畢璞，說明我常有作品發表，就有人給了我她家的住址。距離報社不遠，在成都路、西門國小附近。那時候我年輕不懂事，大家也少用電話，所以就直接登門造訪了。見面時談話不多，記憶中，畢璞說過她先生也在《公論報》上班，她如何編副刊，還有她兒子正讀師大附中，希望將來也能考上台大等。辭別時，畢璞說了一句，聽說台大校園春天杜鵑花開得很盛很好看。我謹記這句話，所以第二年的春天，投稿信中附帶留言，歡迎她跟朋友來台大校園玩。就因為這樣，畢璞和鍾麗珠在民國五十一年的春季，相偕來參觀台大校園。

確切的日期記不得了。畢璞說連哪一年她都不能確定。我翻開我隨身帶來送她的光啟版散文集《微波集》，指著一篇〈鄉愁〉後面標明的出處，民國五十一年四月二十七日發表於《公論副刊》。經此指認，畢璞稱讚我的記性和細心，而且她竟然也記起了當天逛傅園後，我請她們到福利社吃牛奶雪糕的往事。

很多人都說我記憶力強，但其實也常有模糊或疏忽之處。例如那一天下午談話當中，我提起雨中路過杭州南路巧遇《自由青年》主編呂天行，以及多年後我在西門町日新歌廳前再遇見他，聽他告訴我「驚天大祕密」的時候，確實的街道名稱，我就說得不清不楚，更糟糕的是，畢璞再次提起她主編《婦友》月刊的期間，真不記得邀我寫過專欄。一時間，我真無辭以對。當事人都這麼說了，我該怎麼解釋才好呢？好在我們在談話間，曾提及王璞、呼嘯等人，似乎又給了我重拾記憶的契機。

我私下告訴德屏，《婦友》確實有我寫過的詩歌專欄，雖然事忙只寫了幾期，但這些文章後來都曾收入我的《先秦文學導讀‧詩辭歌賦》和《從詩歌史的觀點選讀古詩》等書中，白紙黑字，騙不了人的。會不會畢璞記錯，或如她所言不在她主編的期間別人約的稿呢？

那天晚上回家後，我開始查檢我舊書堆中的期刊，找不到《婦友》，卻找到了王璞主編的《新文藝》和呼嘯主編的《青年日報》副刊剪報。他們都曾約我寫過詩詞欣賞專欄，印象中有一個與《婦友》大約同時。尋檢結果，查出連載的時間，《新文藝》是民國七十一年，《青年日報》則是民國七十七年。到了十月十二日，再比對資料，我已經可以推定《婦友》刊登我詩歌專欄的時間，應該是在民國七十七年七、八月間。

十月十三日星期一中午，我打電話到《文訊》找德屏，她出差不在。我轉請秀卿代查，傍晚她回覆，已在《婦友》民國七十七年七月至十一月號，找到我所寫的〈古歌謠選講〉，當時的總編輯就是畢璞。事情至此告一段落。記憶中，是一次作家酒會邂逅時畢璞約我寫的。寫了幾期，因為事忙，又遇畢璞調離編務，所以專欄就停掉了。這本來就是小事一樁，無關宏旨，豁達的畢璞不會在乎這個的，只不過可以證明我也「老來可喜」，記憶尚可而已。

三

「老來可喜」，是畢璞當天送給我看的兩本書，其中一本散文集的書名，語出宋代詞人朱敦儒的〈念奴嬌〉詞。另外一本是短篇小說集，書名《有情世界》。根據書後所附的作品目錄，原來畢璞的作品集，已出三、四十本。她挑選這兩本送我看，應該有其用意吧。看《老來可喜》這本散文集，可知她的生平大概；看《有情世界》這本短篇小說集，則可知她的小說特色所在。初讀的印象，她的作品，無論是散文或小說，從來都不以技巧取勝，就像她的筆名一樣，是未經琢磨的玉石，內蘊光輝，表面卻樸實無華，然而在樸實無華之中，卻又表現出一個共同的主題。一言以蔽之，那就是「有情世界」。其中有親情、愛情、人情味以及生活中的情趣。因此，讀來特別溫馨感人，難怪我那罕讀文藝創作的妻子，也自稱是她的忠實讀者。

讀畢璞《老來可喜》這本散文集，可以從中窺見她早年生涯的若干側影，以及她自民國三十八年渡海來台以後的生活經歷。其中寫親情與友情，敘事中寓真情，雋永有味，誠摯而動人。寫懷才不遇的父親，寫遭逢離亂的家人，寫志趣相投的文友，娓娓道來，真是扣人心弦。

其中〈西門懷舊〉一篇，寫她康定路舊居的一些生活點滴，更讓我玩味再三。即使寫她身邊瑣事的小小感觸，寫愛書成癡，愛樂成癡，寫愛花愛樹，看山看天，也都能使我們讀者體會到「生命中偶得的美」，享受到「小小改變，大大歡樂」。「生命中偶得的美」和「小小改變，大大歡樂」，正是她文集中的篇名。我們還可以發現，身經離亂的畢璞，涉及對日抗戰、國共內戰的部分，著墨不多，多的是「此身雖在堪驚」，「老來可喜，是歷遍人間，諳知物外」。這也正是畢璞同一時代大多婦女作家的共同特色。

讀《有情世界》這本小說集，則可發現：畢璞散文中寫得比較少的愛情題材，都寫進小說裡了。畢璞說過，小說是她的最愛，因為可以滿足她的想像力。讀完這十六篇短篇小說，我們確實可以發現，她的小說採用寫實的手法，勾勒一些時代背景之外，重在探討人性，敘寫一些有情有義的故事。特別是愛情與親情之間的矛盾、衝突與和諧。小說中的人物和故事，有真有假，「真」的往往是根據她親身的經歷，「假」的是虛構，是運用想像，無中生有塑造出來的。她把它們揉合在一起，而且讓自己脫離現實世界，置身其中，成為小說中人。

因此，我讀畢璞的短篇小說，覺得有的近乎散文。尤其她寫的書中人物，大都是我們城鎮小市民日常身邊所見的男女老少，故事題材也大都是我們城鎮小市民幾十年來所共同面對的移民、出國、旅遊、探親等話題。或許可以這樣說，較之同時渡海來台的作家，畢璞寫的小說，罕有激情奇遇，缺少波瀾壯闊的場景，也沒有異乎尋常的角色，既沒有朱西甯、司馬中原筆下的鄉野氣息，也沒有白先勇筆下的沒落貴族，一切平平淡淡的，可是就在平淡之中，卻能給人親近溫馨之感。表面上看，她似乎不講求寫作技巧，但仔細觀察，她其實是寓絢爛於平淡。像〈生命共同體〉一篇，寫范士丹夫婦這對青梅竹馬的患難夫妻，到了老年還為要不要移民美國而引起衝突，高潮迭起，正不知作者要如何收場，這時卻見作者藉描寫范士丹的一些心理活動，利用廚房下麵一個小情節，就使小說有個圓滿的結局，而留有餘味。〈春夢無痕〉一篇，寫梅湘退休後，到香港旅遊，在半島酒店前香港文化中心，竟然遇見四十多年前四川求學時代的舊情人冠倫。四十多年來，由於人事變遷，兩岸隔絕，二人各自男婚女嫁，都已另組家庭，正不知作者要如何安排後來的情節發展，這時卻見作者利用梅湘的一段心理描寫，也就使小說有個出人意外而又合乎自然的結尾，不會予人突兀之感。這些例子，說明了作者並非不講表現藝術，只是她運用寫作技巧時，合乎自然，不見鑿痕而已。所以她的平淡自然，不只是平淡自然，而是別有繫人心處。

四

畢璞同時的新文藝作家，有三種人給我的印象特別深刻。一是軍中作家，以寫新詩和小說為主，強調創新和現代感；二是婦女作家，以寫散文為主，多藉身邊瑣事寫人間溫情；三是鄉土作家，以寫小說和遊記為主，反映鄉土意識與家國情懷。這是二十世紀五、六十年代前後臺灣新文藝發展史上的一大特色。這三類作家的風格，或宏壯，或優美，雖然成就不同，但套用王國維的話說，都自成高格，自有名句，境界雖有大小，卻不以是分優劣。因此有人嘲笑婦女作家多只能寫身邊瑣事和生活點滴，那是學文學的人不該有的外行話。

畢璞當然是所謂婦女作家，她寫的散文、小說，攏總說來，也果然多寫身邊瑣事，或者說，多藉身邊瑣事寫溫暖人間和有情世界。但她的眼中充滿愛，她的心中沒有恨，所以她的筆端流露出來的，每一篇作品都像春暉薰風，令人陶然欲醉；情感是真摯的，思想是健康的，真的適合所有不同階層的讀者。

一般而言，人老了，容易趨於保守，失之孤僻，可是畢璞到了老年，卻更開朗隨和，更為豁達，就像玉石，愈磨愈亮，愈有光輝。她特別欣賞宋代詞人朱敦儒的「老來可喜」那首〈念奴嬌〉詞。她很少全引，現在補錄如下：

老來可喜，是歷遍人間，諳知物外。
看透虛空，將恨海愁山，一時挼碎。
免被花迷，不為酒困，到處惺惺地。
飽來覓睡，睡起逢場作戲。

休說古往今來，乃翁心裡，沒許多般事。
也不蘄仙不佞佛，不學栖栖孔子。
懶共賢爭，從教他笑，如此只如此。
雜劇打了，戲衫脫與獃底。

朱敦儒由北宋入南宋，身經變亂，歷盡滄桑，到了晚年，勘破世態人情，不但主張不學栖栖皇皇的孔子，說什麼經世濟物，而且也認為道家說的成仙不死，佛家說的輪迴無生，都是虛妄的空談，不可採信。所以他自稱「乃翁」，說你老子懶與人爭，管它什麼古今是非，說人生在世，就像扮演一齣戲一樣，各演各的角色，逢場作戲可矣，何必惺惺作態，說什麼愁呀恨呀。一旦自己的戲份演完了，戲衫也就可以脫給別的傻瓜繼續去演了。這首詞表現的人生觀，雖然豁達，卻有些消極。這與畢璞的樂觀進取，對「有情世界」處處充滿關懷，是不相契的。我想畢璞喜愛它，應該只愛前面的幾句，所以她總不會引用全文，有斷章取義的意思吧。

畢璞《老來可喜》的自序中，說西方人把老年分成三個階段：從六十五歲到七十五歲是「初老」，從七十六歲到八十五歲是「老」，八十六歲以上是「老老」；又說「初老」的十年是人生最美好的黃金時期，不必每天按時上班，兒女都已長大離家，內外都沒有負擔，沒有工作壓力，智慧已經成熟，人生已有閱歷，身體健康也還可以，不妨與老伴去遊山玩水，或抽空去學習一些新知，以趕上時代。想做什麼就做什麼，豈非神仙一般。畢璞說得真好，我與內子現在正處於「初老」的神仙階段，也同樣覺得人間有情，處處充滿溫暖，這幾天讀畢璞的書，益發覺得「老來可喜」，可喜者三：老來讀畢璞《老來可喜》，一也；不久之後，可與老伴共讀「畢璞全集」，二也；從今立志寫自己不像傳記的傳記，彷彿回到自己的青春時期，三也。

民國一〇三年十月十五日初稿

（吳宏一：學者，作家，曾任臺灣大學中文系教授、香港中文大學中文系、香港城市大學中文、翻譯及語言學系講座教授，著有詩、散文、學術論著數十種。）

【自序】
長溝流月去無聲──七十年筆墨生涯回顧

畢璞

「文書來生」這句話語意含糊，我始終不太明瞭它的真義。不過這卻是七十多年前一個相命師送給我的一句話。那次是母親找了一位相命師到家裡為全家人算命。我從小就反對迷信，痛恨怪力亂神，怎會相信相士的胡言呢？當時也許我年輕不懂，但他說我「文書來生」卻是貼切極了。果然，不久之後，我就開始走上爬格子之路，與書本筆墨結了不解緣，迄今七十年，此志不渝，也還不想放棄。

從童年開始我就是個小書迷。我的愛書，首先要感謝父親，他經常買書給我，從童話、兒童讀物到舊詩詞、新文藝等，讓我很早就從文字中認識這個花花世界。父親除了買書給我，還教我讀詩詞、對對聯、猜字謎等，可說是我在文學方面的啟蒙人。小學五年級時年輕的國文老師選了很多五四時代作家的作品給我們閱讀，欣賞多了，我對文學的愛好之心頓生，我的作文成績日進，得以經常「貼堂」（按：「貼堂」為粵語，即是把學生優良的作文、圖畫、勞作等掛在教室的牆壁上供同學們觀摩，以示鼓勵）。六年級時的國文老師是一位老學究，選了很多古文做教材，使我有機會汲取到不少古人的智慧與辭藻；這兩年的薰陶，我在不知不覺中變成了文學的死忠信徒。

上了初中，可以自己去逛書店了，當然大多數時間是看白書，有時也利用僅有的一點點零用錢去買書，以滿足自己的書癮。我看新文藝的散文、小說、翻譯小說、章回小說……簡直是博覽群書，卻生吞活剝，一知半解。初一下學期，學校舉行全校各年級作文比賽，小書迷的我得到了初一組的冠軍，獎品是一本書。同學們也送給我一個新綽號「大文豪」。上面提到高小時作文「貼堂」以及初一作文比賽第一名的事，無非是證明「小時了了，大未必佳」，更彰顯自己的不才。

高三時我曾經醞釀要寫一篇長篇小說，是關於浪子回頭的故事，可惜只開了個頭，後來便因戰亂而中斷，這是我除了繳交作文作業外，首次自己創作。

第一次正式對外投稿是民國三十二年在桂林。我把我們一家從澳門輾轉逃到粵西都城的艱辛歷程寫成一文，投寄《旅行雜誌》前身的《旅行便覽》，獲得刊出，信心大增，從此奠定了我一輩子的筆耕生涯。

來台以後，一則是為了興趣，一則也是為稻粱謀，我開始了我的爬格子歲月。早期以寫小說為主。那時年輕，喜歡幻想，想像力也豐富，覺得把一些虛構的人物（其實其中也有自己和身邊的人的影子）編出一則則不同的故事是一件很有趣的事。在這股原動力的推動下，從民國四十年左右寫到八十六年，除了不曾寫過長篇外（唉！宿願未償），我出版了兩本中篇小說、十四本短篇小說、兩本兒童故事。另外，我也寫散文、雜文、傳記，還翻譯過幾本英文小說。到民國一〇一年，我總共出版過四十種單行本，其中散文只有十二本，這當然是因為散文字數少，不容易結集成書之故。至於為什麼從民國八十六年之後我就沒有再寫小說，那是自覺年齡大了，想像力漸漸缺乏，對世間一切也逐漸看淡，心如止水，失去了編故事的浪漫情懷，就洗手不幹了。至於散文，是以我筆寫我心，心有所感，形之於筆墨，抒情遣性，樂事一樁也，為什麼放棄？因而不揣譾陋，堅持至今。慚愧的是，自始至終未能寫出一篇令自己滿意的作品。

為了全集的出版，我曾經花了不少時間把這批從民國四十五年到一百年間所出版的單行本四十種約略瀏覽了一遍，超過半世紀的時光，社會的變化何其的大：先看書本的外貌，從粗陋的印刷、拙劣的封面設計、錯誤百出的排字；到近年精美的包裝、新穎的編排，簡直是天淵之別。由此也可以看得出臺灣出版業的長足進步。再看書的內容：來台早期的懷鄉、對陌生土地的神奇感、言語不通的尷尬等；中期的孩子成長問題、留學潮、出國探親；到近期的移民、空巢期、第三代出生、親友相繼凋零……在在可以看得到歷史的脈絡，也等於半部臺灣現代史了。

坐在書桌前，看看案頭成堆成疊或新或舊的自己的作品，為之百感交集，真的是「長溝流月去無聲」，怎麼倏忽之間，七十年的「文書來生」歲月就像一把把細沙從我的指間偷偷溜走了呢？

本全集能夠順利出版，我首先要感謝秀威資訊科技股份有限公司宋政坤先生的玉成。特別感謝前台大中文系教授吳宏一先生、《文訊》雜誌社長兼總編輯封德屏女士慨允作序。更期待著讀者們不吝批評指教。

民國一〇三年十二月

目次

心底微波　22

輯四 家庭生活

輯一　專欄文章

家的基礎

前幾天去看一位新認識的朋友，她的家真是寧靜、華美、舒適得令人羨慕。外面是小小的庭園，很有詩意地栽種著一些美麗的花草；屋子裡窗明几淨，收拾得一塵不染，幾件顏色雅淡的家具很得體地佈置在光滑的地板上，此外，鋼琴、油畫、瓶花和窗帘，更增加了幾分藝術氣氛。女主人芳齡未到中年，長得豐腴合度，秀逸出眾；壁上一幅男主人的小照，也是相貌堂堂，挺拔不凡；更難得的是，他們夫婦倆愛情甚篤，又是社會上知名之士，各有一份入息豐富的工作。

我在她家裡逗留了將近一小時，在欣賞她本人的美以及享受她家美的氣氛之餘，忽然感覺到她的家似乎欠缺了什麼，她本人也似乎欠缺了什麼。她的家太寧靜太整潔了，寧靜整潔得不像個家而像個陳列室或櫥窗；她太美了，也太整潔了，美得只像個宴會上的貴賓而不像個家庭中的主婦。啊！我明白了，她家所欠缺的是——孩子。一個沒有孩子的家庭怎算得上是完美的家庭？一個沒有生過孩子的女人又怎能算是個真正的女人呢？多可惜！假使上天再賜給他們兩個白白胖胖的小寶寶的話，那不將是世界上最幸福的家庭嗎？

另外還有一位朋友，她也有一份令人羨慕的工作，在社會上也有相當地位，還有著一對很可愛的兒女，表面看來，她似乎也很幸福；然而，在她的眉宇間總是透著一份憂鬱，難得開朗。無他，她缺少了她那另外的一半，她和她那口子中道仳離了，她的家是殘缺的。

家是由父母子女組合起來的父母子女都是家的基礎，缺少了其中一個份子就不是完美的家。一家人能夠長相廝守，無災無難，即是最大的幸福。古人說：「平安是福」，真是至理名言！當我們一家人快樂地團聚在一起時，為什麼還要去羨慕別人的高樓大廈和富貴榮華呢？

糟糠之妻

我在燒飯的時候喜歡一面聽著音樂，因為有美妙的音樂調劑著，我可以忘卻燒菜時所必須忍受的油煙、腥膻等不愉快氣味。

在廚房裡聽古典音樂，似乎是極不調和的事情。我常常在心裡取笑自己，也常常因此而想起了一部好幾年前看過，名叫《糟糠之妻》的電影，因為那片中的女主角是我的同道。

她是個不修邊幅的中年主婦，終日蓬首垢面的，標準黃臉婆一個。可是，她倒並不是那種一天到晚張家長李家短的長舌婦，不戲迷，也不打牌：她有著很高尚的興趣，是個柴考夫斯基的崇拜者，每天一面燒飯一面聽〈悲愴交響曲〉（想不到她和我不謀而合）。也許是她太沉迷音樂了，她忘記了打扮自己，也忽略了丈夫的存在，終於，她的丈夫走上了一般被妻子忽略了的男人的路子，到外面另謀發展。這是片中故事的大概，結局是否女主角後悔來不及，我已忘了，總之是一個悲劇就是。

我一向討厭那些教人如何御夫，如何使丈夫不生二心等這一類的文章，因為我覺得夫妻應以誠相處，無論那一方面都不應用術去籠絡對方討好對方；但是，夫婦之間也不能太各自為政，彼此太冷淡，太不關心，日子一久，就會如同陌路人一樣，悲劇也就自然發生。

一個做妻子的人，無論她嗜好古典音樂、嗜好流行歌曲、平劇或黃梅調，甚至喜歡打牌、跳舞，或者太專心於事業，她都不應該忘記了自己是女人，不要太不注意門面，當然更不要忽略了丈夫。不要笑女人是弱者，其實男人才像個孩子，是需要妻子母愛式的關懷的。

《糟糠之妻》這部電影只是其中一個例子，但願每個做妻子的不要太大意而使自己變成了那個失去了丈夫的糟糠之妻。

利用廢物

我家客廳一面大窗的窗臺上，擺著四個小得像杯子一樣的小花盆。這四個小花盆裡面種的不是鮮豔的花朵或者美麗的觀賞植物，而是兩棵小小的龍眼樹和幾株瓜苗。這幾株小小植物，使得酷愛大自然的我可以在室中嗅到一點園林氣息，也使得我這個因為女主人無暇插花的客廳平添一抹青葱之色。來訪的客人無不稱讚我這幾盆小小盆栽夠藝術夠別緻，聽到讚美而沾沾自喜的卻不只我一個人，因為，這是我兒子的傑作。他的個性和我相似，喜歡美術和園藝，在暑假的時候，從廢物櫥中找出這幾個小花盆，就想到要種花。他到人家院子裡要來一些泥土；每逢家裡買到瓜果，就把瓜果的核埋到盆裡去。經過了幾天的慇懃澆水，那些種子竟然長出嫩芽來。當我們第一次看見那些翠綠色的小小葉子怯生生地從泥土中鑽出來時，簡直是高興得像中了獎一樣。也許是孩子們放下去的種子太多了：木瓜、顏眼、蘋果、檸檬、橘子、柚子、南瓜、絲瓜、苦瓜……亂丟下去，以至那些柔弱的嫩芽長出來沒多久便慢慢的又都枯死。然而，這些小生物的生命力是很強的，今天一株枯萎了，明天又有一株新的長出來，此起彼落，熱鬧非常，盆裡永遠有著新綠。到現在為止，長得最高的一株龍眼已有半英尺高。

我有一個綠色的楓葉形的別針，當我把它別在一件淡綠色的衣服上時，朋友們都嘖嘖讚美，問我這個別針是在那裡買的。我告訴她們，這原來是一隻耳環，她們又都稱讚我會利用了。這副耳環是親戚從海外帶回來送我的，因為它太巨型，我不敢戴，一直擱在抽屜裡，終於，給我想出這用途。

家裡容不下一件多餘的廢物，是我的毛病（也許是好習慣）之一。每一件廢物，我必須盡量的去利用：長大衣改成短大衣，旗袍改成窄裙、舊棉被做褥子、舊毛巾當抹布……裝過東西的牛皮紙袋、塑膠袋，我必定保存起來集中在一個地方，這些東西，看似無用，需用起來就是寶貝了。

每一個家庭都會有許多廢物的，當你感到它們「食之無味，棄之可惜」而又礙地方時，為什麼不想辦法加以利用利用呢？假使你真的用不著，拿來送人也總比放在角落裡讓它發霉的好。

果瓜核種出盆栽，耳環改成胸針，並沒有什麼了不起，我只是，盡量利用每一件廢物。

家中琴韻

前些日子在整理壁櫥時，翻出了一個已經棄置數年的玩具鋼板琴。為了好玩，我輕輕地敲出幾個不成樂句的音符，覺得還清脆動聽，就把它拿了出來，準備無聊時敲打一番。

想不到，這個顏色剝落，外形一點也不美觀的鋼板琴竟引起了孩子們極大的興趣。四個從十三歲到十八歲的大孩子童心大發，一放學回家便爭先恐後的去敲打，而且一敲就不肯放手，一曲接著一曲，非到手臂都痠了不罷休。還好這種琴音清脆悅耳，一點也不吵人，否則我簡直是自作自受了。

由於這個琴，我竟發現孩子們似乎有點音樂「天才」，起碼，他們對音樂是愛好而有相當認識的。我很驚訝，一首首的世界名曲竟從那具簡單的、只有十四個音階的玩具琴的琴鍵上奏出來了，我絕對想不到，孩子們肚子裡竟藏著這麼多的樂曲。尤其令我詫異的是：一向對音樂似乎並無興趣的老大和怎樣也不肯開口唱歌的老三居然都一面敲打著琴鍵一面說要「作曲」。

真想不到，這個小小的玩具琴竟給我家帶來了許多歡樂：當我伏案書寫的時候，像鈴聲般悅耳的琴音便會琮琤地從鄰室傳了過來，使我疲倦盡失。

由此，我得了一個概念：每一個家庭，尤其是有孩子的家庭，必須購置一樣簡單的樂器；因為，每個孩子都是愛好音樂的，正如每個孩子都喜歡畫圖一樣，無論他懂不懂，只要給他一個機會，他一定會表現出來。

我無意為這種簡單的鋼板琴作廣告，但是，假如你要為孩子買一樣樂器，我還是主張你買這種琴。因為它不但音色優美清越，而且耐用，任你怎樣敲打，都不易損壞，不像一般玩具小鋼琴，彈兩下琴鍵便壞了。至於一般的玩具喇叭、小鑼、小鼓等，聲音太吵人，還是不買為妙。

當然，如果經濟能力許可，而孩子又有音樂天才的話，我主張每個家庭都有一部鋼琴或者一具小提琴，那麼，家庭中的氣氛就更美了。

無論你的家中有一部鋼琴或者一具玩具琴，我祝福在你的家庭中琴韻常琤琮。

意外的收穫

暑期中孩子們閒得無聊，老大老二兩人就自告奮勇的去整理他們房間裡最上層的壁櫥。那個壁櫥一向是用來堆放最不需用的「廢物」的，起碼有六七年沒有清理過，在我的想像中，一定已成為老鼠、蟑螂的巢穴無疑。

他們是從吃過早餐就開始動工的。老二戴上口罩和橡皮手套，站在兩張凳子疊成的臨時「梯子」上，把壁櫥裡的東西一件件的拿出來交給站在下面的老大。我原來在自己的房間裡忙著，只聽見他們發出陣陣歡呼，而且不斷地嚷著：「媽媽快來看！」這使得我再也不能定心工作，只好走到隔壁去參觀。

在壁土飛揚、蠹魚亂竄（還好沒有老鼠與蟑螂）的一片混亂中，堆了一地板的是大疊大疊的破書、舊信、舊鏡框、破玩具、廢紙……真是滿歟大觀！孩子們歡呼的原因是在那些破書中有許多是他們愛看的，舊信中有許多早期的郵票，而且，他們還找到了一根球棒和一雙溜冰鞋。

那一大堆破書是一個親戚寄存在我們家裡的，因為他送過來時本來就是又髒又舊的破書，所以我對它們毫無興趣；書的主人自己既然不來照料整理，我也就只好一任它們束在高閣數年之久。今天，經孩子們一「發掘」，想不到它們竟是無價的寶藏。儘管它們已被書蟲蝕得滿目瘡痍，但是它們本身的價值是不變的。這裡面，有原版的英詩、世界名著和聖經，還有線裝的楚辭、李太白全集、李義山全集、章回小說，以及好些現在已經絕了版的書。當我一本本地翻閱著那些發散著一股霉氣的、骯髒不堪的破書時，也忍不住跟著孩子們歡呼起來。

孩子們從早上動手一直忙到晚上十時才把那慘不忍睹的混亂場面收拾好，足足勞動了十二小時。不過，他們都認為很值得，有了這麼多的好書給他們讀，又有球棒和溜冰鞋，暑假的末期他們將不會過得寂寞了。

我準備買一個書架把這些破書分門別類地擺起來，以養成孩子們的讀書習慣。我還希望這位親戚暫時不要來把書收回去，起碼讓我們先「享受」一個時期。

母親的耳朵

前幾天跟幾個好朋友在一起聊天，當我們談到我們的孩子時，有一位朋友說：「我呀！我的那個寶貝女兒真要命！不用上學的時候就整天纏住我，如影隨形般跟在我身邊聒噪不休的使得我的耳根無時清靜。」

聽了她的話，我大有同感，因為我也是一個耳根無時清靜的母親。

人家都說女人長舌，所以，我一直以為男性都是奉行「沉默是金」的哲人。誰知事實上大謬不然，積多年之經驗，我不但領教過許多視談話為無上樂趣的男士，就是我自己的幾個兒子似乎也相當嘵舌。

以前，當他們還小的時候，我因為怕他們吵鬧，曾經說過寧願他們永遠沒有假期的話；如今，我還是要說，就是因為他們一放學回家，我的耳朵就要遭殃。

四個孩子中以老大最愛說話，而且話匣子一打開就江河千里的無法遏止，從小，便被他的叔叔稱為「長篇小說作家」。長大以後，他說話的「天才」更是與日俱增。每晚放學回家，第一件事就是跑到我的跟前，滔滔不絕地講他在學校裡一天的遭遇，大至校長在週會中的訓辭，小至同學間的說笑，無不一一詳細報告。有時，我心裡有事，或者正在構思文章的內容，便會感到那簡直是疲勞轟炸，難以忍受。叫他不要說嗎？未免太不慈愛；勉強聽下去呢？對自己的耳朵又太委屈。可是，有一天假如他回家一言不發，我又擔心他出了什麼事了。

做母親的滋味便是如此。從十月懷胎開始，做母親的人就得準備一輩子受苦。不，我應該說一輩子奉獻。嬰兒時期的哺乳、撫育，學生時期的管教，青年時期終身大事的操心……母親的心什麼時候輕鬆過？等到兒女已經成家立業，真的不用老母操心時，只要孫子一下地，老奶奶又得開始為孫子的奶瓶、尿布忙得團團轉。

母親的全副身心是天生要奉獻給兒女的；那麼，耳邊的聒噪又算得了什麼呢？這無非證明了母子之間的真情流露罷了！

說「話」

上星期四我談到〈母親的耳朵〉時，曾經提到過男人比女人更愛說話這個事實，因為覺得這是一件很有趣的事，今天忍不住要談一談。

首先，我希望男性的讀者們不要生氣。我在這裡絕對無意詆毀你們長舌，只是就事論事地舉出一些男人愛說話例子而已。何況，愛說話也並不是壞事，古今中外多少偉人就是靠他的三寸不爛之舌成功的？

普通一般人認為女人愛講話，那是因為當她們三五成群時就喜歡吱吱喳喳地說個不停的緣故。其實，他們只是一人一句地搶著說話，所以聽起來很吵罷！假使她們遇到真正愛說話的男人，立刻就會相形見拙了。

真正愛說話的男人，他能夠一口氣說上一兩個鐘頭而不倦；他能夠「壟斷」整個場合，使旁人絕無置喙餘地；他能夠從孩子的奶粉談到華爾街的金融市場，從天氣談到他家鄉的物產；他口若懸河，口沫橫飛，洋洋灑灑，絕無冷場；……試問，有幾個女人會有這樣的口「才」？

我們家裡有幾個常客，都是屬於愛說話的男人一類；他們雖無上述那種口「才」，然而喜歡「吹」的程度則一樣。丈夫很少在家，他們來時，我往往便成為代罪的羔羊，變成他們「吹」的對象。由於我的善於保持禮貌與沉默，他們還認為我是最佳聽眾而愈「蓋」（即「吹」，這是流行在學生之間的閩南語）愈得意，我這個「忠實」聽眾簡直是啞子吃黃連。

一個健談的人是比沉默的人更受歡迎的，因為他可以使得氣氛活潑而生動；然而，當他的談鋒過健時，又會變成疲勞轟炸，使人無法招架了。

愛說話並不是壞事，不過，要記住：在談話的時候不要談個人的私事，談談自己，也關心一下別人；讓一些機會給別人講，不要喋喋不休地唱獨腳戲；當別人在發言時，不要不禮貌地打岔；大夥兒一塊兒在聊天時不要堅持己見，與人爭辯得臉紅耳赤……這都是說話的藝術。懂得這些道理，無論男女，才不至被譏長舌。

晚餐桌上

在我們這個重利（薪水也）輕別離的家庭裡，一家六口上班的上班，上學的上學，從早到晚都是各散東西，到了吃晚飯的時候才能有一次真正的大團圓。因為晚餐一過，孩子們就開始忙他們的功課；我開始忙各項一日未竟的家務；丈夫也要敲敲打打的不是修理這樣就是修理那樣（他是個「自己動手做」的實行者，修理東西就等於是他的消遣。）；一家人又要再等廿四小時才能團聚了。不知在什麼時候開始，晚餐桌上成為我們舉行家庭會議的場所。星期日到什麼地方旅行？看那一齣電影；誰的生日到了，送他什麼，買生日蛋糕或是吃壽麵，……這一類孩子們最關心、最開心也最輕鬆的問題，往往就是一邊吃晚飯一邊討論著而解決了的。

又不知從什麼時開始，我們在晚餐桌上不僅常常兼開家庭會議，還經常在「研究學問」，久而成習，現在，我們的晚餐桌上「學術氣氛」已經相當濃厚了。

起初，是孩子們喜歡利用這段和父母相聚的時間執經問難；漸漸地，孩子們的「學問」變得高深了，我們也變得力不從心，窮於應付。譬如說地理吧！我過去一向自詡精通地理的，但是，我忘記了自己比孩子們早生二十幾年，一句「獅子山國在那裡？」「濁水溪流經那些地方？」，就被問得目瞪口呆。又譬如英文吧！我讀英文的時候他們還沒有生出來哩！怕什麼？可是，他們一考我「片語」，我就潰不成軍，舉起雙手投降。

為了要維持做父母的尊嚴，我振振有辭地說：「在吃飯時討論功課有礙消化，不合衛生。不如我們來猜謎吧！這樣可以輕鬆一點。」天曉得！討論功課要花腦筋，猜謎還不是一樣？無非因為我是個猜謎能手罷了！

於是，我把我自己記得的一些老古董謎語都一股腦兒出了籠，這一著，弄得丈夫和孩子們都全無招架之力，因為他們對此道簡直是一竅不通的。但是他們也不甘示弱，紛紛反擊，拚命地出一些根本就不通的謎想來難倒我；當那些不通的謎語一說出口時就會激起「公憤」而引起一陣鬨笑，一頓晚餐往往在笑聲中結束。

除了猜謎外，我們還喜歡在晚餐桌上對對子。我們有一個上聯「馬上上馬」，至今沒有人對得出，不知聰明的讀者有興趣把下聯續上否？假使你願意在晚餐桌上來對這個對子，包你吃得比平日更香！

心靈的享受

在一個寒冷而下著毛毛雨的下午，我一個人去看了一場多年以前看過的片子《金石盟》。那一場電影只賣了五成座，不太熱鬧，稍稍帶點冷清清的氣氛，正適宜於欣賞上乘的文藝片。這部片子雖然不算盡善盡美，但是，片中人高潔的情操以及全片那股一清如水，不食人間煙火的韻味卻使我的心靈在兩小時中得到了至高無上的享受。當我在細雨霏霏的黃昏中走出影院時，我但覺胸臆中有著無窮的回味，心靈無限滿足，甚至可說俗慮全消。

當然，像這樣的電影是不常看得到的；要是碰到有這種好電影時，我以為最好一個人去看，省得一面看一面講話，影響到欣賞的氣氛。還有，千萬不能選週末和假日去看，否則影院中到處是人，左邊有孩子哭，右面有人吸煙，後面有人高聲談笑，前面有人擋住視線，那簡直是花鐵錢買罪受，不看也罷。因此，假使你能夠在早場或在下午場獨自去欣賞到一齣好電影，那就是你心靈上最大的享受。

要是那一陣子沒有好電影，而你又喜歡音樂的話，去聽一次音樂會，它的淨化心靈之功，又更在電影之上。去聽音樂，結伴倒也無妨，只要你那口子或者陪你去那位朋友要懂得欣賞。只要他不是那種「聞歌起舞」，或者容易被音樂催眠，或者喜歡附庸風雅，亂叫和亂鼓掌的人，否則，千萬別請他去護駕。獨個兒去欣賞，包你回來後餘音繞耳，睡也睡得舒暢一些。

不喜歡音樂嗎？去看看畫展。畫家們的綵筆為你展開一個美麗無比的世界，你為何不到那裡面去漫遊一番？音樂悅耳，圖畫悅目，人世上還有什麼比這兩者更能美化和淨化我們的心靈的？

你對圖畫也不太有興趣嗎？家務煩人，案牘勞形，無論你擔負的是什麼工作，到了黃昏，一定會感到身心都異常困倦，那麼，為什麼不到郊外去散散步呢？看，天畔的彩霞多璀璨！聽，橋下的水流聲多琤淙！路旁的小花為你含笑，枝頭的綠葉為你招展，人類原是來自大自然，回到大自然去是不是好像投回母親的懷抱，親切無比？你的心靈是不是舒暢得像洗了一次痛快的淋浴或者服了一帖清涼劑？

寂寞的賈桂琳

一份十一月廿六日出版的美國報紙《舊金山觀察者》，為了紀念甘迺迪總統逝世一週年，特地登載了一篇很長的特寫，題目叫「傑琪甘迺迪的寂寞歲月」（傑琪是賈桂琳的暱稱，也就是甘迺迪夫人的閨名），這篇特寫詳細地描寫傑琪在孀居後的生活，還附有兩張照片，一張是她和甘迺迪總統在就職二週年時所拍的儷影，一張卻是她牽著她的小兒子在一個無人的沙灘上默默地散著步；對照之下，令人惻然。

一年以前，傑琪一直是全世界的女性們所仰慕的對象：她年輕、美麗、能幹、身為第一夫人，有著愛她的丈夫和可愛的兒女，人生到此，復有何求呢？然而，也許福慧永遠不能雙修，人生不可能太美滿，以三十四歲的芳齡，在失去了兩個嬰兒之後，她又失去了她那位「一身繫天下之安危」的丈夫，又怎不令世人為她同聲一哭？

作為一個第一夫人是不容易的。當一九六〇年甘迺迪總統就任以後，那時，她只有三十一歲，就曾經說過這樣的話：「在三十一歲就失去了無名氏的身分，我覺得我彷彿已變成了一件公共財產了。」這真是一句相當沉痛的經驗之談。

在那篇特寫中說：「現在，她三十五歲，傑琪發現她比以前更加不能過著安靜的私人生活，那筆債，顯然沒付清，還有著很多的紀念儀式要去償還。所以她面對著群眾，不敢不理他們，因為她知道，假使她那樣做了，人們對她所愛的那個男人的尊崇與懷念就會消滅。」一旦做了一個大人物的妻子，即使她的丈夫逝世了，人們還不會放過她，不讓她安靜，這就是大人物的悲哀。

到現在為止，世人還沒有忘記她，每天都有成千成萬的信件、包裹、圖畫、詩歌從世界各地寄給她，在行政大廈裡闢有三大間房間來處理這些泛濫的同情。她每天得參加各種公共集會，無論她走到那裡，到處都有大群人跟蹤著她；然而，這些陌生人的同情與好奇，能夠填補她寂寞的心嗎？

在特寫中又說：「現在，每當有人提到甘迺迪總統的名字，她的眼睛就會充滿涙水，她在為將來而恐懼，在她的一雙兒女長大入學以後，她將怎麼辦呢？」

我不知道她是否會有「悔教夫婿覓封侯」之感？假使甘迺迪只是個平凡的人，是否會有今日的悲劇呢？

美人遲暮

我很喜歡看女人，尤其是喜歡看美的女人，每遇美女，往往看得目不轉睛。我常常想：我這樣好「色」，幸虧不是男兒身，否則還得了？幸而，愛看美人並不單是我，而是每一個人的「不良嗜好」，我的許多女友們都「有志一同」，我也就心安理得的愈看愈起勁。

「美人自古如名將，不許人間見白頭」。女人美的年齡有限，當她們正值青春的時候，個個如花似玉，所謂「十七八歲無醜女」，年華少艾的女郎，是無須藉脂粉來裝飾她們的容顏的。到了她們的青春走向下坡時，於是，眼角開始下垂，魚尾紋顯露，腰肢漸粗，脂肪漸多，昨日之西施，今日竟如嫫母，人老珠黃，色衰愛弛，這不獨是當事人的悲哀，旁觀者亦難免不惻然生同情之心。

我看見過好幾個令我惻然同情的遲暮的美人。有一位是芳鄰，她有著一雙美麗的大眼睛，個子矮矮的，臉孔很像日籍影星李香蘭，十年前還相當動人；可是，最近看到她已經滿頭灰白，垂垂老矣。每次看見她，我就為她悲哀。有一個是我在街頭遇到的，高挑個兒，作貴婦人打扮，臉上五官長得無一不俏，她一出現，使我眼前一亮，驚為天人；仔細一看，眼角眉梢已隱現遲暮之色，不由得為之憮然，大有「恨不相逢青春時」之感。另外一位是個母親，與我曾有同席之緣。她帶著個女兒同去，女兒很美，無論在面貌、身材、皮膚等方面都值得打八十五分以上，大家都說她像媽媽（並非阿諛之辭），我也覺得像，因為母女倆的五官和身材的確是大同小異的。然而，為什麼女兒使人看著那麼美，母親卻似乎一無可取？無他，歲月不饒人，時光老人在作祟，母親的美已被年華消蝕而已。

世間上最不可恃的東西就是美貌，就算你多麼的駐顏有術，也沒有辦法能保有它三十年，幾曾看見過一個靠近五十歲的中年婦人仍然美麗的？

生、老、病、死都是人生免不了的過程，一個面貌平凡的女人老了沒有人會為她難受叫屈；正如我們的國寶楊傳廣一樣，他方在三十歲的盛年，假使他不是一顆世界聞名的體育明星，又有誰惋惜他年華老大？

看到了別人在失去青春之外還失去了美貌，我不禁為自己有一張平凡的臉孔慶幸。

女性的特權

在西洋的社會裡，事事尊重女性，處處禮讓女性，在「Lady First」的口號下，使得女性到處佔盡便宜，也使得一些好佔便宜的女性以特權階級自居。有人以為這是高度文明的表現；其實，這正是變相的男女不平等。

今有人焉，「她從不因為她是在這個男人世界的戰場上唯一的女性而要求任何特權」，她就是幾天以前在越南戰地殉職的美國攝影記者查普爾小姐，這位現在四十七歲，身經三次戰爭的老兵，是在越戰中殉職的第一個女記者和第三個新聞從業人員，美國海軍陸戰隊士兵談到查普爾小姐時，都誠意地讚美她「根本不像一個女孩子」，是的，從報上所刊載的照片看來，我也覺得她不像個女人，戴著軍帽（頭髮似乎剪得很短）和眼鏡，一臉朗爽的笑容，乍看倒有點像個大兵。

唯其她「不像一個女孩子」，唯其她「從來不要求任何特權」，所以，她不辭勞苦，不避危險，迢迢千里地跑到越南去採訪。她是個盡職的好記者，就是因為太盡職了，所以，她不幸以身殉工作。查普爾小姐是世界上所有職業婦女的規範，她的勇敢和負責，使人肅然起敬。

目前，我國的女性在各行業中的成就已和男人並駕齊驅，毫無遜色，這些有成就的女性，當然也都會在工作上要求任何特權，因為要求特權等於貶低她們的身分，也埋沒了她的才幹。

但是，不容諱言的，在廣大的職業婦女中間，喜歡要求特權的仍然大有人在。丈夫生病要請假，孩子生病要請假，下女回家也要請假；經常的遲到早退，為的是，太太們放不下她的家，小姐們離不開男朋友；在辦公室打毛衣、寫情書是例行公事；太太們溜出去買小菜、買奶粉，小姐們打電話和男朋友一聊就是半點鐘，也都是人之常情，只因為她們是女性，所以這一切都是她們的「特權」。

老實說，女性的才能無論從那一方面看來，都是不下於男性的，只要他們不「自甘墮落」，不要求女性的特權，又有誰敢說女人是弱者呢？英勇的查普爾小姐就是一個好例子。

逛公司

前幾天晚飯後去逛新開幕的第一股份有限公司。第一個感想是，該公司的名稱實在該改為「第一百貨公司」，否則的話，只稱股份公司，人家怎知道它經營的是什麼生意呢？老實說，那天它在報上大登開幕廣告，我根本就沒有留意，還是聽別人談起，才知道本市有了這麼一家大規模的百貨公司。

去時，遠遠望見那堂皇的大廈，就已先聲奪人。進了門，一看場面和氣勢，也都不怎麼輸於香港的百貨公司，不免為臺北驕傲起來。

可惜，那天逛得毫無樂趣，因為「遊人」之多賽過廟會，結果一層樓還沒有逛完，就已擠得滿身大汗。原來大家醉翁之意不在買東西而在乘自動樓梯，所以梯口附近水洩不通，空氣特別惡濁。

最煞風景的是，地下室的樓梯口旁有一個作為裝飾用的噴水池，竟然丟滿了紙屑，因此，這個水池給予人的印象就像是垃圾堆旁的一窪汙水。後來我去看過洗手間，嶄新的設備也被太多的「遊人」糟蹋得髒兮兮的，國人的沒有公德心，於此又得一個明證。

陳列的貨色很齊備，品質大致不差，價錢也跟市面一樣；但是，作為一家第一流的、規模最大的百貨公司，這樣還是不夠的，它必須有一些比較特別的貨品，譬如外銷品之類，才能夠吸引顧客。其中水準最低劣的恐怕是童裝和玩具兩個部門，童裝款式陳俗，一律採用大紅大綠的色彩，似乎專為鄉下人設計。玩具大多製做粗劣，很多玩偶都是日本風味，使人看了很不順眼。

店員小姐的服務態度相當不錯，可惜有一些大慇懃了，死皮賴臉的纏住顧客買這買那的，這種地攤作風，未免有失大公司店員的風度。

逛完五層樓出來，再看看櫥窗。和室內一比較，櫥窗的設計就顯得太簡陋、太不夠藝術。其中一個櫥窗掛著精工舍的牌子，陳列的卻是兩三個用絲帶捆紮著的紙包，裡面裝的是什麼，真是天曉得！難道要給顧客猜謎？

這是臺北市唯一的百貨公司，對於國際觀瞻有很大的影響。我以為它必須精益求精，而顧客也要通力合作，方能達到更高的水準。

禮貌運動

禮貌運動不是個新鮮的名詞。儘管這個運動時時被提倡著，也儘管提倡者大聲疾呼；然而，大家對它的反應是那麼冷淡，就像是把石子丟到泥沼裡，根本就激不起一圈漣漪。

我們是一個以人情味濃厚出名的國家，照理，人情味與禮貌是有連帶關係的；但是，我們的禮貌何處去了？清晨，我們難得聽到一聲愉快的「你早哇！」；在公共場合中，「請」和「謝謝」幾已絕跡；打錯了電話，從來不屑於說一聲「對不起」；按門鈴總是盡量使勁，也不管是否驚擾了主人。我們原是禮義之邦，現在呢？「禮失求諸野」啦！

我從來不曾有過「月亮是外國的圓」的想法？只是，對於洋人的多禮，卻不能不甘拜下風。他們，只要是從別人手上，接過東西，絕對不忘記說一聲謝謝，而且說的時候總要帶著笑容；早上出門，所遇到的人無論識與不識，一定會招呼一聲早安；跟人家講話，幾乎句句帶著稱呼；不小心打個噴嚏或哈欠，一定先掩著嘴，然後說一聲對不起。雖然有人認為他們這樣做太過虛偽太過造作；可是，人家從小就受著這種訓練，日久成自然，這已成為一個人是否有教養的標誌了。

禮貌是文明與野蠻的分野，文化愈高的國家，它的人民也愈懂得禮貌。難道我們不懂得禮貌嗎？不！我們只是太懶惰了，懶惰得連起碼的禮貌都不想維持吧！其實，經常帶著微笑，隨時不忘說一兩句客氣的話，這並不要花費本錢，也無損於自己的身分，我們為什麼要連這起碼的禮貌都要吝嗇呢？但願禮貌運動能夠從每家庭中先行做起，再推廣到社會上，人人彬彬有禮，社會上呈現一片祥和之氣，這樣，才有資格稱做禮義之邦呀！

沉重的童年

那天，小兒子在出門上學的時候，把他的大書包往我肩頭一掛，說：「媽媽，看你揹得動揹不動我的書包？」說時遲，那時快，我那從未肩負過任何重物的肩膀就被一個沉重無比的力量往下一壓，壓得我肩頭痠痛，不由得不立刻彎下身子把那個重擔卸了下來。

真想不到，一個書包居然這樣重，怕不有十多公斤？當然啦！為什麼不重呢？一疊教科書、一疊簿本、一個飯盒，就已把一個美軍用的帆布背包塞得滿滿的了，有時還加上地圖、字典、參考書、硯臺之類，碰到體育課又是運動衣褲啦！球鞋啦！一大堆，書包裡放不了這許多，就還得一肩揹，一手挽；如遇陰雨天，雨具就不知如何放置了，這樣全副武裝做什麼呢？去行軍？登山？旅行？如此沉重的負擔，叫孩子們那能不個個彎腰駝背？

大書包之禍，大概是始自升學主義盛行之後，也可以說是惡補以外另一戕賊孩子們健康的罪魁，打從小學五年級開始，孩子們的書包就開始膨脹起來了，到了初中，膨脹到了極點，高中以後，漸漸消減，等到升格為大學生，乃可脫離這個沉重的負擔。

試想：一個十幾公斤的書包，叫成人去肩負猶覺吃力，何況一個十來歲的孩子？他們一整天為了應付繁重的功課，已經絲毫享受不到童年的快樂，何忍再以重擔去增加他們肉體上的痛苦？我每次看見一些瘦弱的孩子揹著個大書包拖著沉重的步伐走過時，心中就隱隱作痛？這就是我們的下一代嗎？是誰剝奪了他們童年的快樂？沒有快樂童年可供回憶的人，他的生命將是如何黯淡？

大書包的問題難道真的無法解決？每個學生的桌上加一把鎖（二部制的教室可以由學生合資買一個木櫃公用），把不必要每天帶來帶去的書籍文具放在教室裡，不是就可以減輕書包的重量了嗎？

正在發育時期的孩子，天天揹沉重的書包，是會影響到骨骼的成長和姿勢的端正的。這不是一個小問題，為什麼教育當局不想辦法去改善？

談婚禮

近年來，我一提起要吃喜酒就頭疼；原因倒不是討厭那些粉紅炸彈，而是討厭時下婚禮的不倫不類，以及對那些粗製濫造、有名無實的筵席倒盡胃口。

自從民國初年時興了「文明結婚」以來，我國的婚禮就開始變得不中不西的，一點民族特色也沒有。新郎高帽禮服，新娘白衣披紗，在婚禮進行曲中緩步走向聖壇，原是西洋豪門巨室的玩藝；至於普通一般人，大都是先到婚姻署去登記，或者拉兩個證人，請神父或牧師主持一個簡單到不能再簡單的五分鐘婚禮，一雙新人就渡蜜月去。既不勞民傷財，當事人又可真正享受到新婚樂趣，而婚姻又已經合法生效，這是多麼合情合理的婚禮，為什麼一到了我國就大變其質，大異其趣呢？

時下婚禮中最令人不能忍受者有三：一是樂隊的亂奏樂曲，婚禮中經常出現〈魂斷藍橋〉和〈風流寡婦〉，是不是與喪禮中奏出〈桂河大橋〉和〈杯酒高歌〉一樣令人啼笑皆非？二是證婚人、介紹人向賓客大放厥辭的不識時務。賓客們是為了吃喜酒而來，在這種熱鬧場合中還想過演講癮，是不是太不識相了一點？三是新娘的服裝的問題。男人穿西服已穿了幾十年，所以，新郎在不中不西的婚禮中穿西裝似乎並不覺得怎麼樣，值得商榷的是新娘的服裝。假使婚禮能夠做到全盤西化，新娘穿白衣披頭紗也是無可厚非的；可惜在一般婚禮中，仍保持著喜幛高懸、紅燭高燒的傳統，我國習俗以紅色為吉利，而新娘卻是全身縞素，這又是不是個矛盾而不調和的現象？其實，我以為新娘在婚禮中穿一襲顏色鮮豔的織錦或軟緞長旗袍，就是最適當的服裝，何必一味模仿洋人？

在今日社會中，合理的婚禮應是新人先赴法院公證，然後雙雙外出旅行兩三天至半個月，回家後設兩三桌酒席宴請至親好友，以示慶祝。如此，情理法三者都兼顧了，何苦把粉紅色炸彈向那些「無辜」的相識者亂投，害人害己而肥了飯館老闆呢？

不知正在準備成家的單身朋友們以為如何？

孩子離家時

十天前，孩子報考的一家專科學校的錄取通知寄來，我興奮得一夜不能入睡，因為，這是一萬多人裡頭挑出來的，他寧願放棄了已經考取的省中去就讀，而我也寧願兒子將來做個實實在在的專門人才，而不是個樣樣都只懂得皮毛的通才。

前幾天，學校的註冊通知寄來，我又是一夜沒有睡好，因為那筆相當於私立大學費用的學雜費和代辦費使我發愁，而必須在短短三天之內，就要把住校的種種衣物寢具準備好也使我頓有手忙腳亂、不知所措之感。

然而，發愁儘管發愁；在那緊張的、忙得頭昏腦脹的三天之內，還不是把一切都打點好？最後的節目是送兒子入校。我自己小時從來沒有住過校，而孩子也一直都是走讀，他這次的離家，簡直是掀開我家歷史的新頁；因此，我也就特別緊張和煞有介事。

那天，陪他去辦好了註冊和入校的一切手續以後，就是分別的時刻了。說來好笑，學校距離家裡並沒有多遠，每個星期又可以回來一次，孩子也十五六歲了，有什麼好不放心的？可是，當時我偏不那麼想，相反地，竟囉囉嗦嗦的向孩子囑咐了一大堆話，也不管孩子有沒有聽進去。我發現，不單只我一個人如此，許多別的家長們也一樣，尤其是做媽媽的，簡直全都嘮叨個沒完。

終於，我依依不捨地離開了首次離家的兒子。一上了公路車，心裡就在想：糟糕了！忘記吩咐他不要多喝冰水，他這幾天腸胃不大好。

回到家裡，看見他空著的床，又擔心他晚上會不會把毛巾被踢掉。到底是初秋，早晚也有點涼意了。吃飯的時候，看見他空著的位置，又擔心他在學校是否吃得習慣。

怎麼搞的？這樣婆婆媽媽？難道我忘記了「要訓練孩子獨立」這個原則嗎？真是「知之非艱，行之維艱」！想遠點吧！五年之後，孩子就是個學有專長的青年了。於是，一絲喜悅漸漸取代了心頭的悵惘。

頭髮的問題

一個剛進初中的小男孩，在短短十天之內，進了三次理髮廳，你猜是為了什麼？

第一次去理髮是在註冊的前三天。他本來長著一頭濃密的美髮，因為知道中學男生必須剪平頭，而且在註冊時要檢查儀容，於是，他只好忍痛犧牲。誰知到了註冊那天，他的儀容檢查竟不能通過，因為他所剪的平頭比學校所規定三公分限度長了一點點，就被命令立刻在學校福利社所附設的因陋就簡的理髮室再理一次，那時，他看來已像個小和尚了。想不到的是，幾天之後正式上課時，他們的老師又發出了一項驚人的命令：全班學生必須剃光頭，違者「滾蛋」。師令不可違，為了怕「滾蛋」，可憐的小朋友只得第三次進理髮廳，向尤勃連納看齊。第二天全班小朋友相見時，大家用手摸著自己光溜溜的頭顱，都哭笑不得，不明白老師為什麼一開始就對他們的頭髮打主意？

到底剃光頭有什麼好處，連我也不明白。有人說尤勃連納的光頭最富性感，我倒覺得和尚尼姑頗難分別；若說小朋友的光頭性感？未免言之太早了吧？要是說剃光頭可以節省梳洗的時間，那麼剪平頭還不是一樣？頭髮是用來保護頭腦的；「身體髮膚，受之父母，不敢毀傷」，這是聖賢對我們的教誨；強迫學生剃光頭，似乎不無「傷害」他人身體之嫌吧？

記得以前在大陸，大中小學生的髮式並無嚴格規定，男生可以留西裝頭，女生可以梳長辮，有些教會學校的女生甚至可以燙髮。雖然如此自由，但是絕對沒有穿奇裝異服和梳什麼阿飛頭、披頭，更沒有產生太保太妹之流。今日，我們的教育政策在某些方面規定得很嚴格，像儀容服裝的管理、升學、轉學、跳級的限制等；可是，嚴格的結果是什麼？徒然傷了學生的自尊心（學生的頭髮如不合規定，就會被教官在當中剪一個窟窿，罰站示眾），增加家長的困擾和浪費學校的人力而已。至於升學轉學跳級的限制，更是扼殺了許多天才兒童和少年的前途，這是題外的話，且按下不表。

教育大計的目標是百年樹人，不在乎斤斤計較頭髮的長短，剃光頭既不雅觀又不合衛生，那位對光頭有「偏愛」的老師何苦捨本逐末？莘莘學子又何辜？

人心

一位新近謀得了一份差事的朋友用帶著無限感慨的口吻告訴我：在她的同事中，有小部分的人一開始就對她抱著戒備的態度，在工作上不和她合作，處處使她難堪，用意大概是使她知難而退。她現在真是困惱極了。退嗎？對不起介紹這份工作給她的人；留嗎？那種坐冷板凳、看人臉色的滋味又太不好受！最後，她嘆息著說：「人與人之間為什麼老是要彼此提防彼此敵視呢？為什麼對付生人就要張牙舞爪？大家友善一點不是更好嗎？」

我這位朋友是個老好人，也正是一般人所謂「好欺負」的對象，我相信她的話，也很了解她處境的困難。在這個社會上，大吃小、舊欺新，也是常見的現象。所不解的是：那些人的胸襟何其狹窄？對一個無害於他們的老實人竟也不能相容？

小時讀書，常看到有「人心險惡」、「世途險巇」等句子；長大後因為遇到的「壞人」似乎不多，所以對這些句子始終並未深信。到如今，涉世漸深，見聞漸廣，才慢慢看到人心的黑暗面，一些人的「不能容物」簡直到了可怕的程度，對這些句子雖欲不信已不可能了。

我知道，所有的年輕人都會和當年的我一樣不相信這些句子的；但是，當他們在社會上混久了，挫折遇得多了，明白了人心的確險惡，為了自衛，不知不覺地，他倆一顆本來純潔無邪的心，也就變得「險惡」起來。所以，那些能保有赤子的真純的成年人往往就是最可愛的人，可惜這樣的人難得碰到一個。

俗語說：「人心之不同，各如其面」。現在，由於醫學科學的發達，醜陋的臉已經可以利用整型手術變得美麗了；不知道醜陋的心是否也有辦法使它變得美麗呢？要是既能「革面」，又能「洗心」，那就真是巧奪天工了。

美麗的面孔人人愛看，而一顆善良正直的心也是人所歡迎的。當你在修飾自己的外表時，有沒有想到也把你的內心美化一下呢？

升學！升學！

前天，本欄同文叢林女士以「晉級賽」為題，痛陳升學主義之弊，拜讀之餘，深有同感。我就是一個身受升學主義之害的家長。打從七年前大兒子小學畢業那年開始，到如今幾乎每年暑假都有一個或兩個孩子參加升學考試；也就是說，為了孩子的升學，我們全家每年都要渡過幾個月緊張的苦惱的非常時期。小兒子現在還在初二，看來我們全家非到四年後小兒子通過大專入學試以後，才能脫離苦海。

為了升學而全家受苦這一個事實，我絕非過甚其辭，我想凡是家裡有孩子正在升學關頭的家長，一定會同意。在這大暑天時，孩子們應付完畢業考又得準備聯考，日夜鑽研，朝夕奔波，弄到睡眠不足，食慾不振，本身受苦不算，還累得做家長的一同擔心一同受罪。一方面怕孩子考不到好學校，一方面又怕孩子累壞身體。於是，有錢人家請家教，給孩子們吃補藥打補針；沒有錢的人家，家長只好夜夜「陪太子讀書」，在一旁作活動字典，百科全書，隨時準備質詢，同時把菜錢緊縮，挪出一小部分給那個小小的「特權階級」營養營養，只要小將能在考場中獲勝，何惜全家啃幾個月菜根？

天下父母心如此，社會風氣又如此，誰不盼望子女成龍成鳳？誰敢自鳴「清高」，敢超然置身於這股濁流之外？其實，費盡九牛二虎之力，硬把子女「塞」進公立學校裡，或者硬給「塞」進了大學之門，孩子們將來是否能成龍成鳳，還是一個疑問。他們是不是一塊料，家長們應該心裡有數，又何苦一窩蜂呢？歸根究柢，還不是通才主義害人？大學生連一張便條一個信封都寫得不對勁的處處皆是，真不知他們十幾年寒窗讀到了些什麼？

加強職業教育是當務之急，只是起步已太遲了一點，緩和不了多少升學競爭。

堅持要給自己的子女受完大學教育是殘餘的封建思想——士大夫階級觀念——在作祟，有頭腦的家長實在應該反省了，為了升學而全家陪著孩子受罪，是否值得呢？

畫中臥遊

我的臥室裡有一份風景月曆，它掛在窗旁，正對著我的書桌。這份月曆一共有六幅，兩個月撕一次。第一幅是雪景，第二幅是湖畔一株開得正燦爛的櫻花，都非常的配合時令。

現在五月六月合用的一幅是初夏豔陽下的青翠山谷，也是我最喜歡的一幅。畫面是一片綠色，綠得使人看了就身心都感到清涼舒暢。近處是一個淺草斜坡，山坡上有一間村舍，過去一點則是間白色的小教堂。山坡下是一條蜿蜒的山徑，兩個紅裙少女正手拉著手的在漫步。（從這兩個少女的衣裙，我可以看得出這裡是奧國。）山徑側是一片草坪，長滿了黃色的小雛菊。遠一點就是茂密的叢林，叢林後面是紫色的、藍色的遠山，最遠處的高山頂上是白皚皚的雪峯，和藍天白雲吻合著，簡直分不出那裡是山，那裡是天。

這幅畫是如此的真，真得我好像可以觸摸到那金色的陽光、聞到了花草的芳香，甚至可以聽得到並沒有出現畫中的牛羊脖子下的鈴響。我體會得出，山上的空氣是多麼清新，山上的清風是多麼輕快；我幻想：假如我能住在那間村舍裡，假使我能在山徑上漫步，假使我可以在那個淺草斜坡上面打滾……，那將是我夢寐以求的事。

每當我寫罷讀倦，每當我從枕頭上睜開眼，首先進入我眼簾的就是這幅畫。不論是白天是黑夜，不論是晴天或雨天，我看到的永遠是個豔陽天，以及一個綠到濃得化不開的山谷。雖然我住在臺北的鬧區裡，噪音日夕在我耳邊縈繞著，煤煙、車塵一天到晚在向我襲擊著；但是，只要我一抬頭，我就可以神遊在世外桃源的歐洲的山村裡。想不到，這幅寬廣都只有一尺多的圖畫，竟有如許的好處。

你喜歡臥遊嗎？一本好的遊記，一幅風景畫，或者一首帶有地方色彩的樂曲，都可以帶領你到千萬里外你從未到過的地方去，問題只在乎你能不能領略其中的韻味。

無聲的世界

在我所乘搭的那路公共汽車上，每天都可以看到成群成隊聾啞學校的學生和我同車。起初，我並沒有留意到他們和一般的孩子有何不同，後來，我因為詫異於這群孩子何以特別沉靜才發現的。

假使他們不是穿著上面綉著「聲啞」兩個字的制服；假使他們不是指手劃腳咿咿呀呀地發不出聲音；從外表看來，你真是沒有辦法看得出他們是有著生理缺憾的孩子。同樣是紅噴噴的臉蛋；同樣是跳蹦蹦的舉動；同樣歡笑著享受無憂無慮的童年；然而，他們卻是沒有聽和講的能力的可憐人。

當我起初看到這群孩子時，我曾經很替他們以及他們的父母感到難過。看到別人侃侃而談或引吭高歌，他們是否有「有口難言」、「不知所云」之苦？生下一個有先天缺憾的孩子，看著孩子不能過正常人所過的生活，做父母的內心又是如何悲痛？假使自己不幸而有了這樣的孩子，又將如何？一次又一次地，我總是懷著悲天憫人的心情來看這群孩子，心頭沉重，無法自己。

但是，等到我和他們接觸得多，天天看見他們像正常的孩子一樣蹦跳著來搭乘公共汽車在車上又是那麼天真無邪地不斷的用手語互相交談、嬉笑取樂，從他們的臉上，簡直看不到人間有煩惱；這時，我便發覺自己過去的判斷是錯誤了，我只是杞人憂天。

這群不知煩惱為何物的孩子，生活在一個無聲的世界裡，他們聽不到都市的噪音，聽不到罵人的粗言惡語，如果說他們的失聰是不幸，毋寧說是他們的幸福？而且，由於他們生理上的這點缺憾，正適宜於潛心向學，因為，他們往往會有異乎常人的悟性和耐力的。海倫·凱勒女士就是一個最好的榜樣。

昨天報載，臺北國際婦女會所舉辦的學生美術比賽，其中中學國畫組的花鳥、山水兩類的第一名都為盲啞學校的學生所獲得。這一個事實，正好為這篇短文作結論。

酒櫃與書櫥

前幾天，朋友新居落成，邀我去玩。她的家，全副美式裝備：巨型的沙發、地毯、落地電唱機、落地電風扇、落地電燈……，漂亮的酒櫃中陳列著各式洋酒，牆上的飾架上擺著瓷的和玻璃的各種姿態的裸體美女，每一隻茶几上擺一個煙灰缸。我一走進去，就感到她這間華麗的客廳庸俗不堪，充滿了酒色財氣與銅臭味，正好配合她那位商人丈夫的身分。

在她客廳的那些陳設當中，使我感慨最深的是那個酒櫃。酒櫃原為西洋產物，人家原來是擺在餐廳的；不知怎的，到了咱們中國，就變成了客廳中表示自己夠洋化或在炫耀財富的標誌，正如有人穿了睡衣滿街走那樣的不倫不類。

然而，事實偏偏是這樣：在我們的所謂上等家庭的客廳裡幾乎很少沒有酒櫃的。我常常想：用酒櫃來裝飾客廳是什麼意思呢？是表示主人能飲嗎？如果能夠把餐廳的酒櫃來做客廳的裝飾，為什麼不把書房中的書櫥搬出來呢？如果酒櫃表示主人能飲，那麼書櫥豈不是證明瞭主人的好學？

也許是由於自己有點書呆子習氣，我總覺得在客廳裡應該擺設些書刊才顯得這個人家有書卷氣；如果牆上能掛幾幅字畫，就更可以平添幾分風雅了。偏偏我那位朋友的華麗客廳，竟連一份報紙都沒有；四面粉牆，除了一份印有女明星凌波的彩色照的月曆以外，也是空空如也！我真不明白她花了那麼多的錢是怎樣去佈置客廳的。

假使，她把酒櫃換成書櫥，洋酒換成書籍，裸體美人像改為古玩，凌波月曆改為名畫，茶几上的煙灰缸減少幾個而擺上幾份雜誌報紙，這個客廳將要如何的大大改觀？

古人以「書香門第」、「詩禮傳家」而自豪，教養子弟也是抱著「遺子黃金滿籯，不如一經」的態度，而且還認為「萬般皆下品，唯有讀書高」。然而，到了今天，人們的觀念改變了，變成了「書櫥道消，酒櫃道長」的世界，這豈不是我們讀書人的悲哀嗎？

人之患

十二年前當我的大兒子進入國民學校時，我曾立下決心和他在一起學習注音符號，結果算是學會了，可是因為一直都無用武之地，到如今又忘了一大半。

去年，他進了大學，讀的是英語系，於是我又想趁他晚間自習時跟他一起多讀點英文；可惜，他自習的時間跟我爬格子的時間發生衝突，為了滿足自己的創作慾，只好忍痛犧牲。

誰知，我的「學習精神」被其餘三個孩子看在眼裡，「人之患」的心理在他們心中作祟，記不清楚是從什麼時候開始的，他們三個每晚都向我「惡性補習」起來。

他們是利用吃晚飯時以及我飯後收拾的時間來向我惡補的，因為，等到大家洗過澡之後就要各就各位去埋頭苦幹，不但我沒有空，連他們也沒有空了。

起初他們是用猜謎性質來考我的史地常識。我對史地到如今還極有興趣，而且也不會像數理化這幾科那樣忘得一乾二淨；所以，有問必答，每答也大都對，結果是母子大悅。漸漸地他們「人之患」的癮愈來愈大，愈問愈起勁，就居然連數理化也要考我了。我本來對這三科毫無興趣的，為了增加他們學習的趣味，對那些二十幾年前曾經做過的問題就真的絞盡腦汁去想，而居然也給我「猜」對了一些。於是，他們在驚奇之餘，就都滿意地表示我還可教。看他們那副得意勁，真是儼然像個教到了好學生的老師。

每個人都有著「好為人師」之患。尤其是孩子們，平日他們只有做學生的份兒，所以對老師的權威與神氣是非常嚮往的。做父母的不妨利用這種心理，讓孩子們在溫習功課時過過當老師的癮，自己委屈一下權充學生；這樣，不但孩子們對溫習功課可以提起興趣，在「教學相長」的原則下對課本有更多的了解，而我們這些老學生也可以溫故而知新，豈非一舉兩得？

孩子們有了「人之患」並非壞事；我怕的只是那些一有機會就要炫耀自己學識的仁兄仁姊。

讀書樂

這幾天偷閒重讀拉瑪爾丁的《葛萊齊拉》一書？使我重又享受到久已失去的少年時代的讀書之樂。

自從做了母親之後，我就失去我的詩心、畫興和讀書的時間與樂趣（當然也失去了青春，慶幸的是我的童心到如今還一直保留著）。多少次，我拿起筆想掇拾幾句小詩，結果吟哦半天，一無所成，字紙簍裡倒是增加了不少廢紙。多少次，孩子們因為在箱子中發現我過去的畫稿，要求我在他們面前表演一番，結果畫出來的圖畫比他們所畫的還要拙劣，除了擲筆長嘆以外，我尚有何言？多少次，我想重溫少年時睡前在床上讀書之夢，結果不是抽不出時間就是看不到兩頁就昏昏欲睡，樂趣全無。

惟有這一次是例外。雖然薄薄的一本書還是分開很多次才看完的，我可是卻能夠深深的溶入書中，真正嚐到讀書的樂趣。這幾天，我一閉目就彷彿看到書中所描寫的那波里海灣的迷人景色、溫雅的少年、純真的少女以及善良淳樸的漁夫一家，有時，我覺得自己似乎也身歷其境和他們在一起。

少年時讀這本書只是受了情節的吸引，如今重讀（可能是第三次了）才知道這本書文字的優美，它的寫景與抒情，處處如畫如詩。讀罷恍如喝了一盞香茗，齒頰芬芳，又彷彿聽了一曲天使歌聲，心靈也為之淨化。

今天我無意作書評，我想說的只是：有很多家庭主婦在操作之餘感到無聊，為什麼不重拾讀書之樂呢？我知道，每個人在學生時代都是書迷，可是，一旦離開學校，書本便被丟到腦後了。當然，不一定每個人都喜歡文藝，我不能強迫每個無聊的主婦都去讀世界名著；我以為，養成仔細閱報的習慣也是驅除寂寞無聊的好方法。報上包羅萬有，裡面的學問可真不少，假使你每天肯從第一版看到第八版，不但可以打發你的無聊，也可以增進你不少知識。

一般人，花十幾塊錢去看一場電影毫無吝色，叫他掏出幾塊錢來買一本雜誌卻捨不得，這真是我們社會的悲哀！我在這裡還要談讀書樂，是不是太過酸溜溜了呢？

靜靜的夜

若有人問我，一天之內最喜歡那一段辰光？我一定會毫不猶豫的回答：我最喜歡晚飯後以至睡前的那一段。

這時，一家人都已先後回來，不必再為遲歸的人牽腸掛肚；無論屋外的夜是如何黑暗，天氣是多麼惡劣，四周是多麼寂寥，我小小的室中卻充滿了光明與溫暖，以及孩子們的讀書聲和笑語聲。

卸下一天辛勞的工作換上寬敞輕便的睡衣，坐到書桌面前，我開始享受我靜靜的夜。孩子們都埋頭在他們沉重的功課中，丈夫不是在看書便是在敲敲打打的修理這樣，修理那樣，誰也不打擾誰。只有唱機播放出輕柔的音樂，為我們洗滌疲憊的身心。

靜靜地坐在燈前，我不一定要做什麼。也許只記幾筆今天的流水帳，也許只為孩子們縫縫制服的鈕扣，也許只讀幾頁書，寫幾行平安家信。然而，這樣我便滿足了，我的心靈獲得了真正自由的一刻，也得到了完全的憩息。

一個整日忙於生活的人，他的一雙手乃至整個軀體都失去了自由，甚至他的心靈也變得不屬於自己，陶淵明所說的「以心為形役」，現代文藝作家們所說的「迷失了自己」，也都是這個意思，要想「心不為形役」，要想「找回迷失了的自己」，每天找出一段靜坐沉思的時是唯一的良方。

也許是由於自己的日子過得太忙碌的關係，我特別珍惜這一段完全屬於自己的時間；偶然一夜有應酬，或為俗務所羈，以至失去了我這段「靈修」的時刻，我就會忽忽如有所失，不能自已。

有人喜歡那種酒綠燈紅，金迷紙醉的都市之夜，而我，卻只喜歡燈前默坐靜靜之夜；因為，惟有這一刻，才能使我真正的尋回我自己。

永保童心

「人之初，性本善」，一顆純潔無邪的童心，是人性中最可貴的一部分。孩童的心是善良的、天真的、歡樂的、光明的，它們充滿了仁慈與同情。在孩子們的眼中，世界上的一切都是美麗的、可愛的。在孩子們眼中，人類是真正平等的，一個一毛不拔的百萬富翁並不見得比一個善心的乞丐高貴。在孩子們的眼中，人類和所有的生物也都是平等的，一條小毛蟲和一隻小麻雀都可以是他們的好朋友。

就因為孩童們具有這顆高貴的心，所以他們比成人可愛；就因為孩童們具有這顆天真的心，所以他們創造出來的「藝術品」——他們的作文，繪畫和手工，毫無雕琢，率真淳樸，成人的作品絕對模仿不來。

可惜的是，這顆可貴的童心往往隨著年歲的增長以及受環境的薰染而漸漸變質，絕少人能夠終身保有著它。

一個成人的是否純良可愛，當視乎他童心的保存多少而定。一個童心未泯的人必定有著極豐富的同情心和充滿著求知慾；他必定喜愛孩童和所有的小動物，他對童話、兒歌和國畫書都保留著濃厚的興趣，他從來不會板起臉孔向兒童和少年說教；他從來不認為自己已經衰老無用，他的前途一片光明。

能夠永保童心的人是幸福的，因為童心可以使一個人的心靈永遠不老，心理上不感覺到老，自然也影響到生理上也永遠年輕。

朋友們，你想永保青春嗎？那末，快點去把你那顆失落已久的童心找回來吧！有了它，你將是世界上最快樂的人。

再談童心

上個月我寫了一篇〈永保童心〉，覺得意猶未盡，今天想再談一談。

近來，我忽然發現了一個事實——為什麼有些人年紀不大而暮氣沉沉，為什麼有些人永遠不老，那就是，因為有些人未老先衰，有些人卻是「人老心不老」。

未老先衰並不是指外形的衰老，而是指心理上的衰老：悲觀、消沉、失望、無進取心，無求知慾，甚至沒有生趣。假使一個人的心理上有了這些現象；即使他只有二十歲，不管他外表如何年輕，他已經老了。

「人老心不老」也就是「童心未泯」。猶有童心的人是天真的、樂觀的、積極的、向上的，他永遠不服老，永遠不會說出「吾老矣！無能為也」這一類喪氣的話，他永遠在謀求上進，人生對他永遠是美好而光彩的。

想永遠保有童心，最好多多跟兒童在一起，因為孩子的天真無邪會在無形中感染給你。

我又發現：想在心理上保持年輕，最好不要和那些年紀比自己大的人做朋友，起碼也不要結交那些暮氣沉沉、未老先衰的人。跟年紀輕的人做朋友，可以受到他們充滿朝氣的思想的影響而忘記了自己的老大。

我自己就是一個童心未泯的人，我經常和孩子們打成一片，我跟他們笑鬧，彼此作弄，我說他們的話，跟他們一起學習，我從不擺起長輩的面孔，我是他們的母親，也是他們的朋友，因此，我的心和思想一直都很年輕。

說到這樣，我真替上幾代的父母悲哀，他們為了要保持父母的尊嚴，他們不得不對子女板起臉孔，一本正經，怪不得以前的人四十幾歲就被人稱老啦！

有一句西方的格言是：「假使皺紋必須寫在我們額上時，那麼，可不要讓它們寫在我們心裡。」

臉上的皺紋是天生的，心理的皺紋可是人為的啊！

女性與文學

這些年來，由於自己喜歡舞文弄墨的結果，無論到了任何交際場所，人們除了介紹我的太太身分以外，總還要加上個作家的頭銜；於是，我就少不免要受到在場的喜愛文藝的與不喜歡文藝的兩派人士的「另眼看待」。喜愛文藝的是青眼，不喜愛文藝的是白眼，因為他們根本以為作家就是「坐」在「家」裡的燒飯婆。

現在且不談那令人不愉快的白眼而談談那使我受寵若驚的青眼。青眼的主人多為中年或靠近中年，受過相當教育的女士，她們不論是家庭主婦或職業婦女，對文藝都非常愛好而且有相當的認識，談起來頭頭是道，往往使我這個木訥的人自愧不如。她們對作品的鑑賞力亦很高，當今作家，誰的文氣寫得好，誰的文章寫得壞，她們的批評更是極為中肯，一針見血。這種「人才」，在我所認識的太太們中間，比比皆是，比率甚為驚人。

再以個人數年來的工作經驗看來，還有著數目不算少的主婦正從喜愛文藝而開始嘗試投稿。她們並無作家的身分與頭銜，但是，她們的作品自有一股柔婉清新的氣息，成績並不在已成名的作家之下。起初，她們只是怯生生地投寄一兩篇作試探性質，一旦，作品變為鉛字，更好的更成熟的作品就會源源產生。投稿被採用是一種極大的鼓舞力量，它不但鼓舞了作者本人，而且還具有傳染性，可以影響到和作者經常接近的人也參加了筆陣。在我所認識的親友中間就不乏這種例子：有夫妻都從事寫作的，有姊妹一同投稿的，有的父子夫妻一家人都喜歡搖筆桿，也有一些要好的女伴，由於互相影響而與筆結了不解緣的。

女性天賦一顆玲瓏剔透的心以及充沛的感情，這便是從事文學創作的基本因素。要是哪一家主婦感到日子無聊難打發，我奉勸她去利用自己的天賦，在書本和寫作中找尋她的樂趣。讀書和寫作之樂，真是不足為外人道，又豈是打牌、迷影和逛委託行所可比擬？

白髮篇

自從染髮藥水大行其道以來，我彷彿已經很久沒有看見有著一頭尊貴的白髮的人了。老年人染髮，中年人染髮；男人染髮，女人也染髮。要不是臉上的皺紋一時尚無法遁形，我們根本就不能從頭髮的顏色去判斷一個人的年紀。

我不明白一般人為什麼都討厭白髮，其實，一個到了應該有白髮的年紀的人，如果能有一頭蕭蕭的銀髮，那是適足以增加他儀表上的尊嚴的。偶然，在街頭髮現一位鬚髮皆白的老先生或者滿頭銀髮的老太太，我就會覺得那是一幅極美麗、動人而又珍貴的圖畫？因為，今天已經很少有人坦白到讓自己的一頭白髮告訴別人他已經老了。

雖然中年人和老年人是這樣的討厭白髮，極力想辦法去掩飾；但是，有些「少年不識愁滋味，為賦新詞強說愁」的少男少女卻很喜歡作「白髮吟」哩！記得我上高中的時候，有一個女同學在校刊上發表了一篇非常「文藝」的作品，題目是「我的第一根白髮」，很風趣地寫出了她對自己「早生華髮」的感想，文章的題目和內容都似乎應該是出自一個不惑之人的手，然而她那時只有十七歲。在我的記憶中，那篇文章實在寫得很好，我當時還羨慕不已；我想，假如她今天才發現了自己頭上的第一根白髮，她一定不會寫這篇文章的吧！

想來，白髮和皺紋都是鐵面無私的，它們的出現雖然有遲有早，但是從來不會饒過任何人。「君不見高堂明鏡悲白髮，朝如青絲暮成雪」，英雄老去，美人遲暮，都是令人浩嘆的恨事！

我知道，許多中年人都是在每發現一根白髮時就恨恨地把它拔掉，咒罵它不該這麼早出現；可是，到了拔不勝拔的時候又怎樣呢？那就讓它白吧！讓它作為增加你尊嚴與高貴的銀冕吧！

耶誕雜感之一

說來一定沒有人相信，今夜我將要靜靜地坐在燈下，渡過這個歡樂的耶誕前夕。

我不是教徒，但卻出身於教會，當年做學生時，也曾參加過祈禱、靈修、做禮拜、唱聖詩等宗教儀式；然而，只因自己冥頑不靈，到如今沒有受洗，所以始終不曾對這個節日正式慶祝過。除了對一些在國外的親友未能免俗地依時寄去一張賀誕卡，以及為了討好孩子們歡心送他們一些禮物之外，從來沒有作過別的表示。

不過，我還是喜歡這個日子的，我喜愛它的氣氛，更喜愛與這個節日有關的美妙的音樂。雪景、鹿車、一品紅、冬青葉、胖胖的白鬍子紅衣老公公、小鈴鐺、燭光、星星、馬槽、聖母、聖嬰……這多姿多采的一切，就是構成這個光輝的日子的因素，想想看，它是多麼的夠詩情畫意！多麼的聖潔！

耶誕音樂，不論他是否教徒，相信愛聽的大有人在。以前，我喜歡聽的只限於〈平安夜〉、〈新生王〉、〈小伯利恆城〉、〈東方三王〉……等小曲，可是，自從聽過韓德爾的

〈彌賽亞〉之後，我就簡直被那神聖、莊嚴、雄壯而又妙曼的歌聲迷住了，那簡直是天使的歌聲啊！「此曲只應天上有，人間那得幾回聞」，感謝發明留聲機的愛廸生，否則，除了到音樂會去聽之外，我怎會有此耳福？每年，耶誕一過，我就眼巴巴望它早些再度來臨，就是為了要聽〈彌賽亞〉。

明天是行憲紀念日，大家都有一天假期；今夜，將有很多自命「時髦」的人物藉耶穌基督之名去通宵狂舞，也有很多人沾了明天休假之光，由黑夜竹戰到天明。橘逾淮變成枳，一個莊嚴神聖的宗教節日渡過太平洋就變成了酒食徵逐、聲色犬馬的日子，這又豈是我們的救世主始料所及的。

今夜，在案頭陪伴著我的是幾張從國外寄回來的親友的賀誕卡，在他們遙遠的祝福中，我將要靜靜地欣賞全套〈彌賽亞〉，讓我的心靈又作一次高度的享受。

這是一個聖潔的夜晚，我雖然不是教徒，也願意自己有一個寧靜之夜。

耶誕雜感之二

裝飾著星星和綵球綵帶的小杉樹、蠟燭、冬青葉編成的花環，胖嘟嘟笑臉常開的耶誕老人、莊嚴神聖的彌賽亞演唱會、優美悅耳的耶誕歌、氣氛肅穆的子夜彌撒……屬於教徒的耶誕，是多麼的美好而令人嚮往！

在另一方面：印著女明星照片的賀誕卡打從十二月開始就滿天飛；有人開始為準備參加耶誕舞會的服裝而忙碌；在風塵中打滾的女人乘機敲她的冤大頭一記，要求一件貴重的禮物，推銷一張幾百元的餐票或舞票；然後，當教徒們在教堂中為紀念他們救主的誕生而慶祝時，這些非教徒們就在舞廳、舞會、酒店，餐館中狂歡達旦，不醉無歸。這一切，又叫人感到多麼的憎厭與齒冷！

耶誕是個純粹的宗教節日，因為歡美各國人民絕大多數都信奉基督、天主兩教，所以他們把這天看得比我們過新年還要隆重。自從西風東漸，由於崇洋與媚外的心理的趨使，我們一些自命為摩登人物的高等華人們，就開始模仿洋人過節。假使身為教徒，略事慶祝，倒也無可厚非；但是那些藉機狂歡作樂的非教徒們，就不值得原諒了。這些人，平日一毛不拔，你要他拿出幾塊錢買一根紅羽毛作冬令救濟，他都不大樂意，到了此日，卻是一擲千金無吝色。本省同胞的拜拜，我們認為迷信與浪費，其實，這種洋拜拜的浪費還不是一樣要不得？

對那些藉神之名乘機作樂的人，最好課以重稅，譬如五百元一張的舞票，就課以百分之百的稅捐，再把課稅所得，充作救濟貧民之用。那些人既然有那麼多閒錢來玩樂，自然應該為社會一盡棉力了。這也是寓禁於征的意思，不知有心人以為然否？

今夕何夕

今夕何夕？中華民國五十三年的除夕是也。

在小學的國語課本裡有一課課文，我曾經聽見兒子這樣唸：「日曆！日曆！掛在牆壁，一天撕去一頁，使我心裡焦急……」這幾句話，頗能寫出成年人的心理；但是，小學生們讀來，卻是隔靴搔癢。他們巴不得一下子把全年的日曆撕下，好長大一歲，好快點過新年；哪像我們成人眼看「光陰似箭，日月如梭」而觸目驚心？而談年色變？

小時候曾聽父親說：「我們中國人過新年過得歡天喜地，是因為高興自己又多活了一年；洋人卻最怕過年，他們是哭泣著過除夕的，因為他們怕長一歲。」這幾句話在我的心坎中留下很深的印象。後來長大了雖然知道洋人過年不一定哭；不過，卻懂得他們對過年遠不如我們的狂歡，而他們在除夕舞會中子夜的一曲，〈Auld Lang Syne〉正是對逝去的時光惜別的意思。

以前，我對年節相當重視，逢年過節，必定做點形式上的工夫，似乎不這樣便對不起自己。漸漸，年齡大了，這世界看得多了，胸懷也變得淡泊，一切都無謂，無論多歡樂的日子，我都能獨處斗室，如常工作，毫無怨尤。如今，更是怕過年，也怕過節。因為，這表示我的生命又消耗了一年，而在這一年中，對個人，對社會，對國家，都毫無成就，毫無貢獻，總之，這一年又是白活了。

我們過舊曆年時，習俗相沿有守歲之舉；我以為守歲是一件有意義的事（在大年夜跳舞、打牌的不算）。當你在燈下默坐，靜聽流光從你身旁消逝的時候，可以反省一下，今年究竟做了些什麼有意義的事？今年元旦時所訂的計畫，有實行了嗎？假如都沒有，明年是不是有決心去完成它？

今晚入睡前，我將用顫抖的手把民國五十三年最後的一頁日曆撕下。又是一年過去了，想起了杜甫的詩句：「……少壯能幾時，鬢髮各已蒼，訪舊半為鬼，驚呼熱中腸……」不禁感慨繫之！

感慨又有什麼用？勇敢一點面對現實吧！年總是要過的，今年過了，還有許多年在後頭哩！

團圓夜

當我在上高中的時候，曾經和妹妹們編造了一個說不完的故事。為什麼那個故事會說不完呢？因為，我們是每天接著編下去的，正像《天方夜譚》裡的〈一千零一夜〉一樣。不過，那故事到底是無疾而終了，那是由於我們漸漸長大，對它不再發生興趣的緣故。

那故事的內容我還大略記得，是講一個富有的大家庭的悲歡離合（可能是受了當年讀《紅樓夢》的影響吧？）。故事中有一個浪子型的人物，那就是他們的三叔。這個人一年到頭在外流浪，到了每年的除夕，才翩然回來，跟他的父母、兄嫂和姪兒們團聚。

啊！除夕的闔家團圓，老小圍爐，共敘天倫之樂，這是多麼富有人情味和詩意的一回事！辛勞了一年的人放下他的重擔，遠遊的人都回到他自己的家，只要是家的一份子，沒有人願意在年夜飯席上缺席。大廳中，紅燭高燒，花香繚繞，喜氣洋洋；家的溫暖，在這個時候發揮了它的盡致。那些在歲暮無家可歸，或者有家歸不得的人就只有偷彈淚珠的份兒了。

我們是一個對家的觀念最為重視的社會，逢年過節，主要目的是在闔家團聚而不是在乎吃喝。元宵、端午、中秋這些節日之所以受人歡迎，就是因為它們的團圓意味。今夜，更是個大團圓的日子，可惜，現下的小家庭制度，再也沒有往昔大家庭過年的熱鬧氣氛；不過，孩子眾多的家庭，假如主婦安排得宜，這個年還是可以過得有聲有色，快快樂樂的。

但願花長好月長圓，家家團聚，幸福無疆！

新春開筆

「元旦試筆即不佳，開頭便遇險韻沙」，這是我在初中時代讀過的兩句近人所作的詩。作者為誰我不記得了，但是這兩句異常拗口的詩，不知怎的卻深深印在我的腦海裡，二十幾年以來，竟未忘懷。每逢新年執筆，便會想起了它。

我生而不幸，與筆墨結上了不解緣，自從進入小學開始，直到現在，除了生病以及戰時逃難以外，幾曾有一日離開過筆？有一種毛筆名叫「不可一日無此君」的，真是堪為我詠。我之於筆既然是「不可一刻須臾離」，除夕從來不封筆，元旦或新春又何來開筆之舉呢？如果一定要「未能免俗」一番的話，那麼，也許可以說是為「燈下漫談」這個小方塊開筆吧？

這幾天，雖然假日的歡娛依然瀰漫在每個家庭中、街頭上以及每個人的心坎上，但是，「年」畢竟是過去了。在這新春開筆之際，讓我想想看在一場忙碌與緊張之後，這個「年」到底給了我一些什麼？

大年夜的前兩天，當我從報社回家時，我家裡的得力助手老三送給我一份意外的年禮。原來他已獨力地把家裡大掃除一次，地板擦得乾乾淨淨的，每一個該收拾的角落都收拾得整整齊齊，甚至連牆壁上的鏡框也全部拿下來拭擦得一塵不染。這份意外收穫使我比得到什麼都高興，於是，除了著著實實誇獎他一番之外，還給予薄酬以示鼓勵，結果是母子大悅。這是我年前最開心的事。

新年裡，我切實地奉行政府所倡導的節約運動，除非是不得已的，我沒有去打擾別人，也沒有自討苦吃的去擠電影院和公路車，而是名符其實地在家裡休假。可惜的是，我只是休假而不是真正的休息，因為在這幾天裡我除了總算能抽出空來讀點書以外，一枝筆就不曾離過手，我利用這唯一的假期還了不少文債和信債。

寫到這裡，手中那枝為我服務了十多年的派克金筆又沒有水了。當我把它插到墨水瓶中去吸墨水時，發覺才啟用了不久的一瓶墨水又已去了五分之一。我忽然為我們這些一天到晚搖筆桿的人想到了一個新的綽號「吸墨水的人」。有了這個綽號，總可以證明我們並不是「胸無點墨」的人了吧？

開筆大吉！敬祝各位讀者新春快樂！萬事如意！

新年三願

每一個人到了新年，總會有新的希望，我何人斯？自不能免；但是，我的希望並非洋房、汽車、皮裘和鑽戒，而是說出來「有點可笑」的「與眾同樂」的三個小小願望。我，一願從今無惡補，二願公車乘客不再受活罪，三願市區不再有煤煙。

一願從今無惡補。這些年來，惡性補習是我們的教育中的一個毒瘤。這個毒瘤，愈長愈大，已到了非開刀不可的程度。我熱切的希望能有一位高明的國手出來，手術刀一揮，把這個毒瘤連根割去，永絕後患；使千千萬萬的少年朋友不要天天背著沉重的大書包接受填鴨式的教育，使他們的睡眠和遊戲時間不至被剝奪，使他們不再面黃肌瘦，彎腰駝背，恢復少年人應有的活潑與健康。

二願公車乘客不再受活罪。希望公共汽車每站必停，多調車輛，加密班次，司機先生開車時不要把乘客當作是貨物，車掌小姐不要把乘客當做出氣筒。假使，每一路公車最多只要等五分鐘，而且每一部都可以搭得上，那麼，還有那一個搭客會出怨言呢？當然，搭客們也要合作，大家都排隊，上了車都往前走，不要堵住車門附近，這也有助於擁擠情形的改善的。

三願市區不再有煤煙。儘管專家們天天呼籲臺北市的落塵量已超過極限，儘管當局天天喊出取締生煤，淨化空當氣的口號，但是，事實上，臺北市上空依然經常佈滿著濃煙，灑落著大塊大塊的煤渣，公車也在大馬路上噴著黑色氣體，到處烏煙瘴氣。這種情形，真的沒有辦法改善嗎？我不相信。我不敢奢望我們能有像瑞士那樣的潔淨空氣，但願我們的肺部不要被燻成黑色，小民幸甚。

學習語言

我有一個親戚，來臺十八九年，娶的是寶島姑娘，結婚亦已十有八載。我這親戚夫婦倆的舌頭都極笨，十八年來，他講他的廣東話，她講她的閩南語，兩個人對對方的言語到現在還是「識聽唔識講」的程度，據我的親戚自我解嘲的說法是「鷄同鴨講」。每次，我聽見他們夫婦交談，都為之忍俊不禁。

學習語言，是需要天才的，而學習年齡的遲早，亦有關係。一般而言，女人的舌頭要比男人的靈活一些，而孩子們學話又比成人易於琅琅上口。十之八九的省籍不同的夫婦們都是夫「講」婦隨；而在一般的家庭中，往往父母滿口鄉音，孩子們則一口標準國語。

以前，我一直以為自己很有語言天才，因為我到臺灣幾個月以後就學會了閩南語；而且講的很流利，流利得幾可亂真，還有人以為我是閩南人！於是，我沾沾自喜，頗以自己能操三種方言而自傲；何況，略可應付的還有川語、滬語和客家語？

直到這一兩年來，孩子們都長大了，大得懂得分辨一個人所講的語言純正與否，在家裡，他們常常模仿老師們的南腔北調：山東腔、上海腔、福州腔、客家腔，學得維妙維肖，使我笑痛肚皮。同時，他們居然挑剔起我的國語和英語來了。在這一方面我是很虛心的，我並沒有因為孩子們的「犯上」而老羞成怒；相反地，我歡迎他們「檢舉」我的毛病。從他們的檢舉中，我發現自己的國語英語，果然有著很多不自覺的鄉音；於是，我下苦功去糾正自己的舌頭。現在，我已去除了不少語言上的砂石。

這個學期，大孩子開始選修西班牙語，我對西班牙的藝術文化一向就很嚮往，也就見獵心喜的跟著他學習。因為自己忙的關係，我並不曾正式拿著書本去念，只是利用一點點的空暇由孩子用直接法口授，到如今只學會了一些單字和幾句起碼的會話。據孩子說，我的發音還不壞；於是，我對自己的語言天才又恢復了信心。

雖說學習語言的要訣是要臉皮厚；但是我這個害羞的人為什麼也能學會新的語言呢？我以為：興趣是一個要素，沒有興趣，學什麼都不會成功。

星期日的結婚啟事

每個星期日，打開報紙的第一版，都可以看到密密麻麻的套紅的結婚啟事佔了很大的篇幅，把要聞擠得只剩下一點點。假如你有時間，也有耐心，細細地研究一下這些啟事的內容，你將發現，這全是用家長出名刊登的結婚啟事，而其中還有著兩個相同之點：一、這些家長大部分是社會有名望有地位的人，二、他們的子女大部分是在美國結婚。

偶然，在這些家長的姓名中，你也許會找到一兩個相識的；於是，你除了喟然嘆息「啊！××的孩子都已這麼大了！」之外，一定還會這樣想：××這些年混得不錯嘛！居然把孩子送到外國去了。

是的，把子女送到外國去讀書，在這十多年來，在中上社會中已蔚成風氣。達官貴人、富商巨賈不用說，其餘稍稍有點辦法的人家，只要子女一到了大學三四年級，也都開始忙著作出國的打算。畢業後要是申請不到外國的獎學金，或者沒有通過留學考試，也必定千方百計的另闢蹊徑：探親、醫病、朝聖、考察、用報社特派員的名義……，總之，務必達到了放洋的目的才罷休，至於子女到了國外是否真的能夠努力深造，潛心學術，那又是另外一回事。

本來，讓青年人出去見見世面，吸收一些新的學問，是沒有什麼不對的。無奈百分之九十九的留學生都是有去無回，儘管他們在彼邦不受重視，有著滿肚子的苦悶與牢騷，而他們的雙親也在這邊渡著寂寞孤單的歲月；但是，為了那一疊疊綠色的鈔票，為了舒適的物質享受，他們還是寧願在異邦蹉跎了一年又一年。

星期日那些密密麻麻的結婚啟事，告訴了我們一個事實：我們已有更多的年輕人在太平洋的對岸落地生根，我們這邊的中年人將有更多會成為「美國人的祖父母」。

想不到，結婚地點及孫兒國籍的選擇都會有一窩蜂的現象，豈非笑話？

慈孝之間

倫敦一位身體衰弱的中年婦人，將她的一個腎臟移植給她患病的兒子而挽回他的生命。這是前幾天各報都有譯出的一則電訊，各報的編輯先生也都在標題上稱頌這位母親的偉大。

當然，這位甘冒自己生命危險去拯救兒子的特納夫人是個勇敢而偉大的母親；但是，我以為這個故事並不新鮮，假使割腎的是兒子，那才是個轟動世界的消息。因為，現在已經變成了「父母愛護子女不是新聞，子女孝敬父母才是新聞」的世界。臥冰求鯉、割股療親，那已是很遙遠很古老的故事；現在呢？就只剩下割腎的母親們了。

孝道居我國傳統道德的首位；然而，到了今日，我們卻是慈多於孝。儘管做父母的無不百般疼愛自己的兒女，能夠對白髮雙親曲盡孝道、善體親心的卻沒有幾個人。

我觀察過很多三代同堂的家庭，中間那一代對幼小的一代總是愛護得無微不至，子女的事比自己的事還重要；對年老的那一代，頂多是衣食無缺，盡了供養之責；如能晨昏定省，問暖噓寒，就已算是很孝順。否則的話，當她老僕人使喚，嫌他老不死，亦不算駭人聽聞。

固然，幼年的子女，猶如柔嫩的花蕾、羽毛未豐的雛鳥，不會獨自生活，做父母的加意栽培，小心呵護，亦是天性與常情。可是，為什麼不想想那對或那個寂寞老人當年亦曾像你今日疼愛你的子女那樣疼愛過你呢？何況，父母愛子女的心是亙古不變的，他們至今仍然愛你如昔，只是你無暇去接受罷了！他們已經是風燭殘年，來日無多，你為什麼不趁他們有生之日，曲意承歡，好使他們有個快樂的晚景？敬老與慈愛是可以並行不悖的，你可以同時孝順你的雙親和疼愛你的子女，多尊敬一分你的雙親，並不會減少半分你對子女的愛。

所以，特納夫人雖然偉大，卻並不稀奇，因為世間一定還有很多其他的母親肯這樣做。假使特納夫人肯割腎去救治她的老母親，那麼，她的偉大就簡直無人可以企及了。

魯莽與健忘

人人都說女性比較細心；然而，我卻是個頭號的莽「娘」，粗心大意，經常笑話百出。我這種魯莽的天性，加上近年來的健忘，造成了許多在社交上的尷尬事件。不久以前，就連續發生了三次。

在一個賓客眾多的場合，一位好友介紹她的先生給我認識，因為那天被介紹認識的人太多了，轉眼間，我就把所有的新面孔新姓名忘得一乾二淨，兜了一次圈，握了幾次手之後，又遇到那位先生。他跟我講話，我竟然忘記了他是誰而向他請教貴姓，弄得他和我的友人都愕然不解，幸虧大家都是熟人，我只好紅著臉向他們道歉。

另外一次是在一個酒會中遇到一位在社會上很有地位的先生，我跟他談過話通過信，但不太熟。這一次，我很慶幸自己還記得他的樣子，就趕緊趨前握手，誰知不小心竟把他的姓氏說錯了，那是因為這位先生的姓名跟另外一位名人的很相似，我常常弄混亂之故，當時，我並沒有發覺自己的錯誤，過後想了起來，不禁面紅耳赤，叫苦不迭。

就在同一個地點，一位陌生的美國太太跟我點頭微笑，我當然是回禮了；但是心中卻暗暗納悶：她為什麼要向我打招呼呢。過了一會兒，她過來跟我說話了，說她和我在什麼地方見過面。我一想果然，只好又連忙為自己的健忘向她致歉。

像這種情形，不知發生過多少次，我相信一定也因此而得罪了不少人，那些被我忘記了的人心裡還以為我多麼驕傲哩！真是天曉得？

魯莽是天生的，健忘則不知是否由於年齡漸長的關係（我以前的記憶力是很好的）；總之，魯莽加上健忘，已成為我個人最大的悲哀，使得我在交際場合中永遠失敗。

我很羨慕那些能夠熟記別人姓名的大人物，惟其如此，所以他們才能出人頭地，領袖群倫。像我這樣的人，大約是註定一輩子要做小人物的了，因為做大人物也要有天才的呀！

陪考雜感

「陪考」是近年來的新名詞，也是升學主義的副產品。一人應考，雖不一定全家出動，至少也有一人「隨侍」在側，就如古代的書生之有書僮，也應了「陪太子讀書」這句話。

除了國校畢業生升初中，因為年紀幼小，應該有大人陪同前往外，我是不贊成陪考的；但是，潮流所及，眼看別的家長對應考子弟的呵護有加，唯恐兒子誤會我是個不夠慈愛的母親，因此，那天小兒子參加省中聯考，我也親自出馬。

陪考的經驗對我並不新鮮，打從陪大兒子去考幼稚園那次起，到如今十五六年，我可算身經「百戰」了。儘管如此，我還是陪一次感慨一次：陪考的場面為何愈來愈熱烈？父母望子成龍的心理為何愈來愈迫切？這其中是不是有著功利主義的成份？子女能考進公立學校，家長的面子可以比較光彩？荷包可以比較節省？而子女的前途也比較光明？

我去的考場是在建中，那天，簡直是考場如市場，校園內外，人潮不絕。有許多家庭闔第光臨，圍坐在教室外，交頭接耳，這對教室內考生的心理有著多大的威脅和影響！如此陪考，真是愛之適足以害之！

商人們乘此良機，發了一筆考試財。賣文具的、報紙雜誌的、冷飲的、點心的，都在考場附近設攤。考生需要買文具和冷飲；家長需要報刊打發時光，也需要冷飲點心解決民生問題，因此，無不利市百倍。最可笑的，居然有不少商人在販賣那些什麼補身補腦的口服液，來騙取那些年少無知的學生的金錢。腦真的能補嗎？補了就會聰明一點嗎？未免太會投機了吧！還好上當的人似乎不多，比起其他的攤子，賣藥攤子的生意還是冷落得多的。

陪考、考場如市場，都是當今的怪現象。回想我們當年要進什麼學校就可以進什麼學校，戰無不勝，攻無不克，考試從來不須緊張的那種日子，真替現在的孩子叫屈！

假如有一天，我們的孩子也能夠像我們以前那樣的可以隨意選學校，那將是教育上的大成就。

一部家長難念的經

各級聯考放榜後，曾經是幾家歡樂幾家愁；然而，那些榜上有名的，到了註冊關頭，卻是苦樂參半，甚至有苦說不出。

今年，公立大專的學雜費略有調整，入學新生在接到錄取通知的第二天，就接到一張「加價」的通知。還好一共只「加」了一百五十多元，小意思！考上了公立大專就是僥天之倖了，區區一百多塊算得了什麼？可是，臨到繳費時，連制服在內，也要拿出一千五百多，書籍簿本還不在內哪！公立的尚且要交這樣多，私立的豈不嚇死人？

中學又如何呢？中學學雜費還沒有調整，一點也不貴，學雜費只不過四百多元而已。可是，除了學雜費以外，名堂可多著哪！七月裡，剛剛放了榜，錄取的新生去參加口試後立刻接到訂製制服的通知，計：外套一件、冬季制服一套、夏季上裝一件，據說是達克龍的製品，一共要五百多元。當時，說過了可以分開買，有些學生因為有哥哥穿過的制服，有的只買外套，有的只買冬季制服，以為可以省幾個錢：誰知，到了註冊時，卻全部要新的，舊的卡其製品一律不通過。此外，再加上皮鞋一雙、帽子一頂、書包一個，以及黑襪、帆布腰帶、運動衫、領章等等，一個省中新生入學所需就要一千二百多元，並不比私立中學的學生節省多少？若不幸而遇到學校正準備興建圖書館或者紀念館什麼的，那麼，再加一筆不樂之捐，做家長的就勢非把褲子也當掉不可。

我認為：省中想繼續維持「價廉物美」的令譽，應該多講一點人情味，不可唯利是圖。譬如那件外套，明明是十二月才規定穿著的，何必在七月裡就要學生訂製，讓包商把錢拿去放息？兄弟在同一間學校求學，為什麼不准弟弟穿哥哥的制服？再說，達克龍衣料比較貴，用不著強迫學生購用，只要顏色式樣相同，穿什麼料子的制服也是一樣的。鞋子，只要規定顏色即可，不必強迫穿皮鞋，更不應硬性規定式樣，以加重家長的負擔。

今日的軍公教人員生活是清苦的，供孩子上學讀書並不是太容易的事；假使辦學校的人完全不顧人情味，一天到晚都在學生身上打主意，則家長苦矣！

中年人的責任

這些日子，中華文化復興運動，正在如火如荼的開展著，令人在興奮中揉集著無限欣慰；我們這些流亡島上的黃帝子孫，是多麼的熱愛祖國，熱愛傳統的文化！

想到這一點，我不禁又悚然而驚，在這之前，我們曾經為保衛我們的文化做了些什麼；今後，我們又該如何去負起這艱巨而重大的責任。

來到海隅，轉瞬已將廿載。當年的孩童，今日雖然都已成人，但是他們對故鄉的一切已沒有印象；當時的中年人，如今又已太老。唯有我輩中年人，正是負起承先啟後這副重擔的中堅份子。

我國有五千多年的歷史文明，舉世聞名，這是我們最足以自傲的一點。可借，自清末以來，迭遭戰亂，以至國寶散失，古典失傳。今日，禮失而求諸野，名貴的古物在歐美的博物院中出現；古代衣冠被韓國保留；花道、茶道與圍棋變成了日本的文化。這豈不是我們莫大的悲哀與恥辱？

另外一個悲哀的現象是，崇洋的心理愈來愈甚。國內的人，認定月亮是外國的圓，一切唯洋是尊，不放洋一遭，使終身遺憾。國外的人，更是數典忘宗，他們的下一代，完全不懂祖國的語文，甚至忘了自己是炎黃華胄。

此外，我們的固有道德也日漸式微。孝字，已很少人能做到；敬老，只是徒具形式；恕，成為罕有的美德；相反地，社會上形成了一股暴戾之氣。

在這種情形下，想復興偉大的中華文化，恢復固有優美的傳統，負有承先啟後的中年人責任是何等地沉重！

雖然如此，我以為我們可以從微小的地方著手。家庭內，父母告子女；學校裡，師長告學生；社會上，年長告年幼者；祖先留下給我們的文化遺產是如何偉大、大陸的河山如何壯美、家鄉的物產如何豐富，我們應以身為中國人為榮。這樣，我們的下一代也許不至於太過數典忘宗，五千年的文明，也許不至因紅小鬼的破壞而趨於滅絕。

天才兒童

為了提高國內藝術的研習水準，為了栽培在美術和音樂兩方面具有天份的兒童，教育部曾經在五十一年九月頒佈了「天才兒童」出國進修的辦法。五年以來，儘管這個辦法備受責難，而且也鬧出了一個在國畫方面有天才的超齡兒童到德國去深造的笑話；但是，到今天為止，據說已經有十八名在音樂上（為什麼沒有美術方面的？）有特殊表現的少年通過了這項甄試，到歐美的著名學府中去深造，而且成績良好。

鼓勵具有天才的兒童出國深造，這個辦法本來是用意至善的；可惜，在升學主義競爭下，這卻難免成為豪門子弟圖謀出國的捷徑。譬如說，這項甄試為什麼沒有公開招考，卻在事後才公佈，而且考試的內容也沒有發表，這是很難使公眾信服的。

據我所知，在每年千千萬萬初高中聯考的落第生中，他們並非都是一無所長的笨孩子。他們有的愛好文學、美術、音樂，有的喜歡運動，有的喜歡女紅；可惜，他們不是天才兒童，而他們的家長也太迷信一紙文憑，非要他們循正規去接受通才教育不可，以致這些孩子們飲恨終身，這真是今日我們社會上最大的悲劇。

社會上的天才兒童絕不止上述那幸運能夠出國的十八人，假如能夠及早發現，加以適當的栽培，說不定你家我家都有；只是，即使你家我家的孩子通過了天才兒童出國甄試，咱們是否供得起他到外國去讀書這筆費用呢？為了不要讓孩子們痛苦地去讀他們所不喜歡的英文文法和數理化學，我們為什麼不多設立一些美術學校、音樂學校、文藝學校、體育學校和家政學校？有更多的學校去容納要想求知的孩子，對緩和升學競爭，是會發揮相當作用的。

比起這裡每天揹著個沉重的大書包、擠公車、遲眠早起、整天埋頭在課本和作業裡的中小學生們，那些在國外享受著自由讀書之樂的天才兒童，真是令人羨慕的天之驕子！他們何幸，而這裡的孩子們何其不幸！扼殺天才的惡性補習、升學主義與通才教育，可以休矣！

花襯衫何罪？

朋友的一個在高中念書的孩子，有一天穿了一件他外婆從香港寄來的花襯衫外出。當他走過一條比較僻靜的小巷時，迎面來了五六個穿著某私立中學制服，流裡流氣的太保學生，把他包圍起來，喝問：「你是混那裡的？」

孩子回答說他沒有「混那裡」，太保學生先是罵他「為什麼要穿花衣服」，然後五六個人動手圍毆，那孩子一向老實，就只好忍痛乖乖捱揍，一聲也不敢響。回到家，向父母哭訴，做父母的雖然憤恨萬分，但是看孩子並沒有受傷，只是衣褲髒得一塌糊塗，為了不想惹事，除了安慰孩子以外，也就不敢聲張。

像這種情形，我聽過、遇過已經不止一次。我的孩子也曾經因為穿花襯衫而被太保喝問「混那裡」。當他還在上初中時，有一次在上學的清晨，被兩個小太保威脅走上中華商場的二樓，要他交出身上的錢，那天他身上只有三塊錢，就乖乖的交了出來，結果總算脫了身。

前天報上登出，兩個太保學生強搶一個初一學生身上的錢以及手錶的消息；而太保們看人不順眼就動手去揍的新聞也時有所聞。不良少年橫行至此，簡直是無法無天，難道他們真的以為這裡是草萊時代的美國西部？

太保學生的問題為什麼始終不能解決？不良少年為什麼愈來愈多？這是家庭、學校與社會三方面的共同責任。太保太妹絕大多數出身於富有家庭，溺愛與疏於管教是主要的原因。有些學校校風良好，有些則是製造太保太妹的溫床，這應該由訓導先生們負責。社會是一個大染缸，如果這個染缸充滿了暴戾之氣，血氣方剛的少年人怎會不變得好勇鬥狠？

太保橫行，擾亂社會治安，我們決不能因為他們年少而寬縱之。一旦犯了案，假如能公佈他們家長的姓名以及就讀的學校，那麼，家庭和學校兩方面也許會因為有所顧忌而不敢太放鬆管教的責任。辦學的人，如果一發現學生有太保行為，立刻就予開除，那麼，孩子們也不敢隨便去「混」那些什麼幫了。至於社會風氣的轉移，那真是我們每一個人的責任。花襯衫何罪？假如連穿衣服的自由都沒有，成何世界？

讀傳記有感

在所有文學作品中，我對傳記有著偏愛，因為我覺得傳記對人生最有啟發作用和鼓舞的力量，它的真實性也遠較那些虛構的小說更為感人。過去我讀過的《林肯傳》、《貝多芬傳》、《梵谷傳》、《米蓋朗基羅傳》等，這些偉大人物的偉大事蹟，都曾使我深深感動，而以自己的不能忍受一絲一毫的挫折為恥。最近偷閒讀了一部傳記小說《愛底尋求》（*The Search For Love*）的中譯本，厚厚四百餘頁的一部書，記載的是法國十九世紀著名女作家喬治桑的一生。全書共有十二章，一章敘述她的一個時代，第一章是奧洛亞，第二章杜邦小姐，第三章杜特望夫人，最後一章是祖母喬治。

喬治桑的父親是個貴族，母親卻是個真正的平民；因此，在她的身上混和著兩種不同的血液，也造成了她兩種矛盾的性格——野性、狂熱以及文靜、憂鬱。這種性格，正是培養她後來在文學上的成就的肥沃土壤。

喬治桑的一生中曾與許多男人戀愛甚至同居——其中包括了著名的詩人繆賽和音樂家蕭邦。因此，一般人都誤會她是個浪漫的女人；其實，她這樣做只為了要尋求她一生都在渴望著的愛。小時，她失去了父母，第一次結婚便遇人不淑；其後，生活的壓迫，社會對她的誤解，女兒對她的叛逆，都使她經常處在寂寞與痛苦中。因此，她比任何人那更需要愛的滋潤。

我國對喬治桑的作品介紹得很少，好像只有一本中譯的《魔沼》，英譯本在此間也不多見。事實上，她是一個多產作家，一生寫了無數的小說，晚年還寫劇本，在當時是個名氣極大的作家；而且還參加過革命和政治活動。她一生寫作不輟，到了七十三歲臨終的時候，還是握著筆坐在書桌前。

像每次讀完一本傳記一樣，我除了掩卷太息以外，總是深深為自己慚愧。比起這位熱愛工作、熱愛國家、熱愛人類、著作等身的大作家，我是如何的渺小！我為什麼常常為一些小事而怨天尤人？蚌殼裡的砂粒不經磨擦怎會成為珍珠？人不受點折磨又怎會有成就？

時光兩題

在一天裡面，你覺得那一段時間最快樂呢？我曾經把這句話問許多人。有人說是吃飯的時候，有人說是睡覺的時候，有人說是放學的時候！……至於我自己，卻認為睡前那一段時間最為愜意。

晚飯過後，收拾完畢，一天的工作都做完了，這時，我才得到真正屬於自己的時間，尋回真正的自己。往書桌前一坐，讀書，閱報、寫信、記日記，都可以隨興所至。或者，乾脆坐到電視機前，讓輕鬆的節目鬆弛一下緊張了一天的頭腦。完全的自由，絕對的逍遙，想做什麼就做什麼，誰說這不是一天中最快樂的時間？

＊　＊

讀大學的兒子問我，希望時光過得快一點還是慢一點。我說希望快一點。他感到很奇怪的說：「我以為只有我們年輕人才希望時光過得快一點，你已進入中年，為什麼還會有這種感覺？」

是的，他是不會明白的。他想：人人都怕老，每一個將要邁進中年或者已經進入中年的人都巴不得時光倒流，還我青春，誰願意跟著加速的時間巨輪跨入老境呢？

我的想法卻不一樣。我們既然沒有辦法把時光挽回或留住，遲早總有一天會變得鷄皮鶴髮。那麼，又何懼於老年的來臨？

人在少年時期渾渾噩噩，不知天高地厚；青壯時期，忙著闖天下；到了中年，也許事業稍微順遂；但是，夕陽無限好，轉眼就到了生命盡頭，真是悲哀！

我希望時光過得快一點，因為我希望我的孩子們能夠快點學成自立。生活的擔子太沉重了，我渴望著享清福的日子。

此風不可長

每年到了五、六月之間，是各校大專同學們忙於歡送和話別的季節。同系低年級的同學歡送畢業的老大哥老大姐，校友會歡送畢業的校友，各種社團歡送畢業的社友和團員，而畢業生本身，又忙於謝師。大家忙得團團轉，勞民傷財，莫此為甚。

本來，迎新送舊是人情之常，又何況我們是個講人情味的社會？但是，據我所知，據我的觀察，此間各大專學校裡面的迎送作風似乎未免太奢侈一點，太不符合戰時節約的宗旨。其中尤以謝師宴為甚。

學生之間的歡送會，十之八九是以舞會的方式舉行，略備茶點，每人科五六十元不等。五六十元也許只是一個小數目，然而，為什麼一定要跳舞呢？難道不跳舞便不能表示你是個時代青年嗎？假使不跳舞，而是單純的茶會，是不是就可以節省得多？又假如把這筆錢用作郊遊之用，在山巔水涯，大家盡情歡樂，是不是又比在室中茶聚更有意義？

至於謝師宴的「豪華」作風，更是令人搖頭太息。地點必擇一流的觀光飯店，費用是每人兩三百元。屆時，女生必旗袍高跟、濃妝豔抹；男生則西裝畢挺，儼然「尖頭鰻」。此時，臺上表合的不是靡靡之音就是色情舞蹈。道貌岸然的教授與純潔的青年學子置身這種場合，是何等的不調適！不調協！更何況，那兩三百元的費用，在負擔沉重的家長和還沒有自立能力的學生看來，都不算是一筆小數目？謝師為什麼一定要到觀光飯店去？這到底是誰作俑的？此風實不可長啊！我們這個社會的風氣已夠浮華，絲毫沒半點戰時的嚴肅氣象，大有此間樂不思蜀之概，有心人早已因此而憂心忡忡。想不到，這奢靡的風氣，竟已吹送到黌宮裡去了。

歡送為什麼一定要開舞會？謝師宴為什麼一定要到觀光飯店去舉行？為了遏止這股奢靡浮華的逆流，我要一再呼籲，此風不可長！

再談謝師宴

上月十五日，我曾以「此風不可長」為題，在本欄發表了個人對今日大專學生動不動就開舞會，而謝師宴又必定要到觀光飯店去舉行，奢侈浪費，相習成風，這一個事實的感想。當時，我深恐自己的言辭過於坦率，將會開罪於人，卻想不到，這篇小文，竟也有了重大收穫。

最近，我收到大華晚報轉來政治大學東方語文學系主任孟十還先生上月十六日的來信，不禁感奮無已。原來孟先生因為對我那篇小文深具同感，當即把方塊剪下，貼在通告牌上，並附了一封寫給東語系全體同學的信，請他們停辦謝師宴。信中有幾句警句：「……謝師酒宴，浪費甚多……師生感情，又豈因一飯酬應而增？但望車上讓個座位，路遇打個招呼……今日當人師者，諒亦於願足矣！」我想：孟先生這幾句話，也就是絕大多數為人師表者心中的話吧！

今日的社會，尊師重道的精神幾已掃蕩無餘，師生感情冷漠。在校時背後隨便叫老師綽號；碰到了遠遠避開，或者假裝沒有看到；離校後更是相逢如陌路。如此師生關係，就算在畢業時請老師到圓山飯店吃一席最名貴的酒席，又於事何補？我們從前做學生時，並沒有謝師宴之舉，但是我們到如今仍然很尊敬自己的老師，而老師也很愛護他的學生。可見酒肉之為物是無法增長感情的。

一位應屆的大學畢業生告訴我，他們的謝師宴是在一流觀光飯店中舉行的，然而宴會中秩序之亂未曾見過。座中好幾位外籍的神父和修女，因為吃不慣我們中國喧鬧的酒席，大家都搖頭苦笑。

今閱中央日報，知道臺中師專已決定停辦謝師宴，同時聽說政大新聞系的同學，也把這個「陋習」破除了，這真是個令人快慰的消息。我相信，老師、家長和學生沒有一個人會喜歡這個勞民傷財、不切實際的謝師宴的；那麼，為什麼大家還要徇應陋俗，苟且因循下去呢？

時代怪物

記得，剛到臺灣不久，我曾經因為此間腳踏車之多而感到大大的驚訝。可不是嗎？上班上學的公教人員與學生固然騎腳踏車，而賣東西的小販、上菜市的歐巴桑以及七八歲的小孩，也無不人「腳」一部；滿街上但見雙輪滾動，絡繹不絕，蔚為奇觀。

曾幾何時，到了十幾年後的今日，腳踏車似已有漸被淘汰之勢，代之而興的卻是更為「高級」的摩托車。日前報載，光是臺北一市，摩托車就有十六萬輛之多，以百萬人口來計算，這個數目可算驚人，也可以看得出我們社會的日漸繁榮。

北市交通紊亂，車禍頻仍，很多人歸咎於計程車與摩托車的眾多以及橫衝直撞，這話不無道理。計程車為了搶生意，時常不擇手段，視行人的性命如草芥，而摩托車的騎士們又大多有飛車的豪興；於是，行人的安全感就大受威脅了。

摩托車的另一個驚人現象，就是「闔府出遊」的驚險鏡頭。大部分的摩托車後面都有一個坐墊，多載一個人是合法的。但是，在街頭常常可以看到，騎士居中，太太在後，騎士前面坐兩個幼兒，太太手中還懷抱一個；如此「任重道遠」，居然敢在車輛如織之大街上風馳電駛，萬一失事，豈非全家同遭慘禍？他們的「勇敢」，真令人為之捏一把冷汗。

我本來對摩托車並無好感，想不到，丈夫因不堪每日上下班等候公車之苦，在偶然的機緣下，向他的同事頂下一部八成新的西德貨。他以前原是鐵馬騎士，「騎」術不錯，如今又可以大顯身手，馳騁馬路上，而我呢，偶然上街訪友或看電影，也做了他的座後客。

第一次坐在摩托車後座，其心驚膽戰的程度，真非筆墨所能形容。漸漸的，不再害怕了；然而，每次坐上去，還是免不了抱著去冒險的心情。因為，你自己雖然小心駕駛，又怎知會不會有別的冒失車子向你撞來呢？

如今，摩托車已成為幾乎是最普遍的交通工具，但也構成了嚴重的交通問題，這滿街上橫衝直撞的二輪車子啊！無以名之，只好姑名之曰「時代怪物」。

早起

我一向都是個早起的人，但卻從來沒有像這個夏天起得這麼早。兩個月以來，我每天都是五點就起床，有時晚上睡遲了，早上多睡個三四十分鐘，也總不會超過六點，就認為是莫大的享受。

近來的特別早起不是沒有原因的。一來是因今年天氣特別熱，賴在床上也難受；二來是水的問題，起晚了沒水用，只好利用「眾人皆睡我獨醒」這段時間。

很奇怪，無論是晚上的睡眠或者是午睡，我的頭腦都像鬧鐘似的，準時而醒。每天，天剛亮了不久，我就像鄉下人似的醒了。接著，家裡所養的一籠鳥和那隻大花貓也醒了，牠們在外面吱吱喳喳地和喵喵地叫著（牠們也像鬧鐘），叫得是那麼熱鬧，那麼起勁，即使我不想起來也別想再睡。於是，我乾脆起來工作。

大花貓纏在我的腳邊，跟著我進進出出於浴室與廚房。我盥洗、燒開水、洗茶杯、擦桌椅（早餐我們都吃現成的），盡量利用水龍頭裡面流出來的珍貴的水。到了靠近六點，自來水沒有了，我早晨的工作也完畢了。拌好了貓飯，送報生已把報紙扔到陽臺上，於是，我到陽臺上拾起報紙，開始「享受」屬於我自己的清晨。

這時，家人大部分還沒有起來，家裡靜悄悄的；鄰居們也大都還沒有起來，巷子裡也是冷清清的。陽臺上的空氣很清新，也很涼快。獨自坐在陽臺上，慢慢地閱讀著兩大張半的報紙，沒有人跟我爭奪副刊，也沒有人擠在我背後看重要新聞，我覺得這真是無上的享受。以前，我看報都只能大略地看看標題，如今卻能一字不漏的細讀，這眞是拜早起之賜。

從六點到七點這段時間是由於我早起而檢來的，這一段時間完全屬於我，可以任我自由支配。本來，我實在可以利用這一個小時讀讀英文或者正式好好地讀一本書的；可惜，我不夠勤快，在這段，檢來的時間內，除了看報，就是逗逗貓和鳥，用悠閒的方式渡過了。

雖然如此，我仍然認為早起是件可喜的事。夏日的清晨是一天中最涼爽最愜意的時間，用來睡懶覺，那才真正可惜哩！

爭

孩子帶回來幾張他在學校裡跟同學們一起拍攝的生活照片。我細看之下，先是啞然失笑，後來則若有所感。原來，孩子在每一張團體照片中，總是站在最後排或者邊沿上。有些照片只照到他半個頭，有些只露出半張臉；假使不是他親自說明，我真是沒有辦法在那一大群人中找到他。

我問他為什麼每次照相總是躲在別人後面，藏頭露尾的。孩子理直氣壯的回答：「我不喜歡跟別人爭嘛！別人都要搶鏡頭，我就讓他們去搶好了。」

對孩子這番似是而非的理論，我表面笑罵了他兩句，心中卻惕然而驚：孩子的這種「與世無爭」的性格，為什麼跟我那麼相像？我自己每次照團體照，還不都是站在最不顯眼的地方？我這樣做法，並不是因為自己見不得人，也不是喜歡藏頭露尾；實在，我跟孩子的看法一樣，我們太不喜歡跟別人爭了。「禮讓」與「退一步海闊天空」是我們的處世哲學，因為我們覺得「不爭」可以換取內心的安寧。

不過，話又得說回來，過份的「與世無爭」，過份的老實是會吃虧的。在日常生活中，像搭公車、像排隊、像到生意好的商店去買東西……，人人都在奮不顧身的爭先恐後，我們這些不好爭的人，便永遠輪不到了。這原是一個爭的世界，勇於爭名奪利、鉤心鬥角的人才會有出人頭地的希望。像我和我的孩子這樣的書呆子與傻瓜，既沒有爭的興趣，又沒有爭的勇氣，恐怕只有一輩子「落在人後」。但是，我能教他去「爭」嗎？

高中女生的髮型

日前閱報，看到一則標題「高中女生燙髮並無限制」，不禁吃了一驚。再看內容，原來是因為省立花蓮師專四、五年級的女生曾要求燙髮，所以教育部訓育委員會的官員表示，教育部對中學女生的髮型，沒有任何規定。

解除高中學生的髮禁，准許男生蓄髮，不必當「和尚」；准許女生不必一律土裡土氣地短髮齊耳，是教育當局最近宣佈的「德政」，這項「德政」，必定受到千千萬萬正值愛俏期間的少男少女的擁護，殆無疑問，我以為，這項德政不妨普及到國中及國小（大學生本來就沒有限制）。男孩子一律剃得光光的，女孩子的頭髮短短的，後頸上刮得光光的，有什麼好看？為什麼一定要規定他們那樣做？

不過，話又得說回來，髮型不加限制，似乎並非表示就可以燙髮。高中女生正是最愛漂亮最想模仿成人的年齡，一旦准許她們燙髮，後果將很嚴重。她們勢將爭妍鬥麗地天天在頭髮上做功夫，不但會浪費時間，荒廢學業，而且也會養成虛榮的心理以及奢靡的風尚。我們現在處在戰時，我以為還是保持淳樸的風氣，對中學生的髮型略加限制為宜。

假使我是一個少女的母親，假使我是一間女中的校長，我必定不准我的女兒或學生燙髮、留著披肩的長髮，或者修剪成奇形怪狀的什麼「阿哥哥」髮型。這不是頑固，而是想她們保有少女和學生的純潔外表，培養她們成為一個端莊的淑女。

至於男生的髮型，我以為也要限制，蓄髮是可以的，但是，披頭式的、波浪式的、吹風、上油，也應禁止，理由與女生的相同，希望他們看來像個學生和正派的青年人，而不是「嬉皮」、太保之流也。

我願意看到我們的青年學生個個看來大方、可愛、整齊、純潔；然而，光頭、短髮，或者披頭、燙髮，似乎都不是中庸之道。

千萬混不

偶然跟一位年輕朋友聊天。從他那坦率的、沒遮攔的談話裡，我發現了一個事實——也可以說是今日一般青年的通病，使得敏感的我，不禁感慨系之。

這位年輕朋友告訴我，他對他現在的工作一點興趣也沒有，只是看在待遇還算優厚的份上，過一天算一天的混下去。我聽了大感詫異，因為這位年輕人在他本身的行業上幹得有聲有色的，已有了相當的名氣；怎想得到，他的成就，並沒有經過任何努力，而是僥倖得來的？於是我問他：「你幹的工作正是你的本行，剛好學以致用，為什麼會沒有興趣呢？」

「我念的這一門，還不是在聯考時碰上的？我根本也不知道自己的興趣是什麼。」那位年輕朋友懶洋洋地、滿不在乎地回答。

這就是了：糊裡糊塗地考上了大學，也不管所學的合不合自己的興趣（有些人對讀書根本就沒有興趣），糊裡糊塗的混完了四年，然後又糊裡糊塗地找到一份工作，糊裡糊塗地幹下去，沒有目標，沒有理想（想洋房、汽車和出國則是會有），糊裡糊塗過一生。多可悲啊！這簡直是浪費了生命！白活了一輩子！然而，今天正有無數年輕人在糊裡糊塗地走著這條路。

雖說聯考制度扼殺了青年人的前途，影響了他終身的幸福；不過，這也不能一概而論，只要肯努力，是仍然可以挽回自的命運的。「人定勝天」、「路是人走出來的」，考上不合自己旨趣的科系，不妨重新培養這種興趣，或者轉系轉校，也未嘗不可。假若因此而自暴自棄，抱著混下去的宗旨；那麼，扼殺前途和終身幸福的，是你自己而不是聯考制度。

如何指引年輕人走向人生的正途，教導年輕人認識人生的真諦，糾正他們「混下去」的觀念，這該是當今做父母的和師長的重要課題吧？

觀光餐

「觀光餐」這個名詞是我杜撰的，指的是在觀光飯店中一面欣賞節目一面吃的大宴小酌。我一向討厭聲色場合，所以從來不會自動去光顧那些所謂的觀光飯店。前幾年到香港去，親友邀請我到夜總會觀光，我一律婉拒，使得大家都認為我這個人有點怪。

前幾天與友人在一家觀光飯店中聚餐（不得已也），那份自助餐種類雖多卻淡而無味，本來就已吃得不怎麼起勁。加以光線微弱，人聲嘈雜，臺上靡靡之音又使人聽得惱火，實在一點意思也沒有，忽然間，鼓樂大作，空中飛人已在頭頂上飛躍翻騰。友人開玩笑說：「看著空中女飛人那些白肉，我一點胃口也沒有了。」

友人的話雖謔，我亦頗有同感，我對這類節目的倒胃口是基於人道立場而發的。我覺得：吃得起這頓「觀光餐」的人在據案大嚼，走江湖的賣藝者卻在臺上賣力賣命，豈不是太汙蔑了他們人性的尊嚴？而且，一面進食，一面看這些刺激的節目，血液不能集中到胃部，豈非大大的影響到消化？尤其是那些背臺而坐的客人，還得轉過身去看，顧得了看就顧不了吃，更是有悖飲食的衛生。

在進食的時候，如果有優美的音樂以作調劑，是可以增加氣氛，促進食慾的。歐美上等的餐館大都有音樂助興，而我們這裡卻好像只有一兩家有音樂可聽。當然，我們這裡的觀光飯店的營業方式也是模仿自外國的夜總會；那麼，為什麼不仿效那種純以音樂助興的飯店呢？「觀光餐」太不衛生，我不願意因此而得了胃潰瘍。

談借書不還

上星期一本報的「讀書人」版有一篇談借書的文章，讀後頓生同感。

凡是讀書人無不愛書，因為愛書，所以最怕被人借去。但是，這世界上偏多附庸風雅的人，自己捨不得花錢買書，看見別人有新書，又忍不住見獵心喜。「這本書借給我看看好嗎？」做主人的若非鐵石心腸，很少會不答應的。於是此書一借，遂如劉備之借荊州，一借不還了。

我的藏書並不多，交遊也不廣；然而，這些年來，存書也有多次被人一借不還的紀錄。第一次是一套版本很好的線裝《水滸傳》，被一個同學借去，以遺失做理由沒有歸還。再一次是一個並不稔熟的朋友在我的書架上順手抽走了一本《蘇曼殊全集》，最後也是無故失蹤。又一次是一個頭一次來作客的朋友，借去一本一個文友贈送的散文集；過了許久打電話來說書丟了，要買一本還我，結果根本沒有還。此外，書被人借去了，像石沉大海一般毫無下落的例子還多的是，要一一列舉，恐怕兩倍的篇幅也寫不完。有些人即使在看過後把書交還，但是卻弄得又髒又皺，面目全非，一本新書，就此報銷，也就等於沒有歸還。

有些人喜歡借別人之書，借去卻又不看，擺在自己書架上作裝飾；日久，假使書的主人忘了要回來，就變成了他的私產。一本書也許所值無多，但是物各有主，把他人之書據為己有，也是有損讀書人的操守也。

借書跟借錢不一樣，借錢不還，可以堂而皇之的追討；借書不還，書的主人卻往往不好意思開口，因為彼此都是讀書人，而讀書人都最重厚道之故也。

但願天下讀書人都能尊重別人的書，避免去借；更願不是真正讀書的人，不要以借書來表示自己的風雅。

談流行

最近，我買了一雙新皮鞋，是流行的方頭粗跟那種。在店裡試穿的時候，我對這雙鞋是愈看愈愛，所以，未曾多作考慮，就買了回來。誰知道，買回到家以後，卻是愈看愈不順眼，甚至覺得它難看得無以復加，而那雙穿去上班的、半舊的、半尖半方的半高跟鞋，原來覺得它已不能見人的，此刻比較起來，反而比這雙新鞋好看得多。於是，不禁為自己一時的盲目趨時而後悔不已。

女鞋的式樣，無非是在尖頭、圓頭、方頭、深口、淺口、粗跟、細跟這方面作變化，十年河東，十年河西，物極則反，十年前的老樣子，說不定過一兩年又流行了。本來嘛！鞋子以適腳為宜，那些半圓半尖的應該是最好看最合穿的，但是商人們偏要動腦筋想花樣以迎合仕女們好新鮮的心理。這一年推出跟細似鐵釘、鞋頭尖如劍梢的瘦長鞋子；過了一年就推出方頭、深口跟，樣子又笨又土，像是西洋鄉下老太太所穿的那種樣子。樣子愈怪愈受仕女歡迎，而商人圖利的目的也達到了。

於是，我忽然想到要為「流行」這一個名詞下定義，什麼叫「流行」，那就是最怪的式樣的意思。君不見，頭上一堆堆、一捲捲的怪髮型、直筒形的布袋裝、短得不能再短的迷你裙、像在腿上刺了花的網狀絲襪、大得垂到肩上的圈狀耳環……，還有各種各式離奇古怪的服裝和飾物，不都是曾經流行過或者正在流行嗎？

流行並不一定美觀，穿著最流行的服飾並不一定就表示自己站在時代的尖端。拼命趕時髦，簡直是可憐又可笑。

談幸福

有一次，七八個朋友在一起吃飯，飯後閒坐聊天。她們都是五十歲以上的人了，而我是她們之中最年輕的一個。她們的環境都比我優厚，個個打扮得花枝招展的，一點也看不出她們的真實年齡。她們住的不是花園洋房就是高級公寓，家事都有傭人代勞；與我既要上班，又要理家，內外兼顧，身兼數職的忙碌生活相比，簡直不可同日而語。

我原來頗為羡慕她們的幸福生活，常常為自己的勞碌命感到悲哀。誰知，從那天的閒聊中，我竟發現她們個個都有疾病在身，不是風濕痛，就是偏頭痛；不是胃病，就是高血壓。幾乎沒有一個是完全健康的。此外，還有人抱怨丈夫天天在外面廝混，也有人訴說自己的兒女不聽話。

這時，我忽然發現自己竟是世界上最幸福的人了。我身體健康，家人和睦，家庭雖不富有——但是孩子們個個懂得求上進，而我自己，似乎也沒有什麼真正的煩惱，這樣一來，還羡慕別人做什呢？

幸福是很微妙的東西，到底怎麼才算是幸福，那是很難解說的。有人以財富為幸福，有人以愛情為幸福，那完全是視各人的感受和看法而不同。我想：假使你隨時都感到快樂和滿足，那麼你就已獲得幸福了。

談享受

朋友數人，閒坐聊天。其中一位忽然提出了一個古老而有趣的問題：「假使你中了一百萬元的愛國獎券，你準備怎樣花用這筆錢？」

這個問題一提出，大家立刻熱烈發言。結果，雖然人言人殊，但是都大同小異，其中只有一位的論調較為驚人而突出，而這種驚人的論調，又馬上成為眾矢之的，被大家攻擊得體無完膚。

大同小異派的答案是這樣的：首先買一幢房子以作安身之所，其餘則作為儲蓄之用；此外，當然也要作必需的添置，把生活稍微改善。我相信，這種答案是最普遍而合乎人情的，不但我那幾位朋友如此回答，就是拿去做民意測驗，大多數的答案也必定如此。

而那位故作驚人之論的朋友的答案又如何呢？他說：一百萬元新臺幣數目不算太多，既然是飛來的橫財，就要用來好好享受一番。他要用這筆錢去買一部豪華的汽車，剩下的，就去住在一流的觀光飯店裡，天天上夜總會、上大酒店，盡情的購買自己喜愛的東西，直至把錢花光為止。

這位朋友，顯然是一位任性而喜歡縱慾的人物，他的思想跟我們這個安份守成的社會根本無法調和，怪不得大家不能贊同，要群起而攻之了。

談到享受，我以為並不一定要像那位朋友一樣沉醉在聲色場中和建立在物質上面。享受應當是心靈上的一種滿足。坐在夜總會中看美女表演與站在街頭看歌仔戲；坐在大酒店中吃幾千元一桌的酒席與蹲在攤子旁邊吃熱騰騰的臭豆腐，同樣是享受。一個終年胼手胝足，但卻身體健康的老農，不見得比一個體質衰弱而又家庭不和的百萬富翁不快樂，因為他的享受不靠物質，他的心靈常常得到滿足。

金錢與物質並不能代表一切，更不能買來快樂；懂得尋求心靈上的滿足，他的人生將是最取幸福的。

父母難做

朋友對我訴苦，說她那讀高中的大兒子居然當面批評她和她先生管教兒女的態度起來了。有一次，當她的先生在指責他們的小兒子所做的勞作太難看時，大兒子就悄悄的對她說：「爸爸管得太多了。做父母的如果對孩子們管教得太過份，是會引起孩子們的反感的。」

我這位朋友當時真是尷尬得不知如何是好。兒子的話是完全正確的，但是，她能幫著兒子說丈夫不對嗎？要是護著丈夫而怪責兒子，又未免顯得不夠風度。於是，她只能半笑半罵的說了一句：「你這個孩子，居然懂得怎樣管教兒女了。」

說起來，現代的孩子的確是比上一代的聰明而早熟得多，不過，也許是由於受西方思想薰陶之故，他們卻遠不如從前的孩子那樣懂得尊敬長輩。據我的觀察，現代愈新式，西化而開通的家庭，他們的孩子也愈是不懂規矩，沒大沒小。當然，這不能完全怪責孩子，做父母的過份放縱孩子，也會造成這樣的後果。

說到沒大沒小，這是最普遍存在每一個家庭中的現象，就是孩子們嘲笑父母的國語不標準。在我的朋友中，有很多人被她的女兒管束著她的打扮。穿得鮮豔一點，女兒就說她不服老；完全不修飾，又被女兒說是老太婆。有一個朋友被她的女兒嫌她太土，不准她到學校探視，更不肯跟她一道外出。想到外國孩子直呼父母的名字，多做一件家事也要算工錢，真是不寒而慄。不要弄到有一天當我們年老時，到兒女家去住幾天，他們也要學外國人那樣拿出帳單來才好。

父母真是難做。管教得太嚴，兒女會起反感；稍微放任一點，又恐怕成為問題少年。做父母的半生做牛做馬，無非為了要把子女養育成人；為了給子女以良好的示範，還得規行矩步，隨時檢點自己的一言一動；遇到子女有疾病或者什麼意外，做父母更是比自己身受還要痛苦。從前的人是子女孝敬父母，今天剛好相反過來。我常常想：若有一個人能夠像愛護子女那樣愛他的父母，他必定是頭號孝子了。可惜，這樣的孝子，一萬個人中也找不到一個吧？

家之戀

也許是由於動極思靜吧？近年來，我對自己的職業生涯竟是愈來愈感到厭倦，一心一意但望有朝一日能夠不必再天天趕公車、坐辦公廳幹那刻板的工作而回到家裡去讀書種花、相夫教子。偶然跟一位年齡相同的女友談及，想不到她也大有同感。回想起二十年前初主中饋時自己對主婦身分的自卑以及對家事的憎厭，不禁啞然失笑，感慨萬千。

想當年，初入社會，雄心萬丈，自以為是不世之才。一旦被愛的柔絲絆住，被家的枷鎖套上，可愛而又可恨的小寶寶，連二接三的來臨，整個人被綁得緊緊的動彈不得，又安能不冤氣沖天？一個受過高等教育、學有專長的現代女性，怎甘雌伏在家作老媽子，整天在奶瓶尿布之中打轉？

終於，冤氣積得太多，我在最小的孩子還不到半歲的時候，就因為不能再忍受下去而毅然走出家庭回到社會，那幾年，我把一個家完全交給了下女，幾乎達到了一天沒有下女就活不下去的地步。有一次，下女小姐要請假回鄉幾天，我為了要上班，竟然大著膽讓她把么兒也帶去，幾天之後，再見到我的愛子時，可憐已變得又瘦又黃。

然而，我還不死心，還不醒悟，在家庭與事業的天平上，我總覺事業比較重一點，雖則我只是一個拿薪水的小職員，根本談不上有自己的事業。

就這樣，一年一年的拖下去。現在，年齡大了思想變了，我開始感到對家愈來愈眷戀，開始感到家是世界上最可愛的地方，懂得相夫教子是每個女人的天職，而親自燒飯洗衣也不見得就辱沒了自己的身分。可是，我一時卻還擺脫不了這可厭的職業婦女的頭銜，因為我的家庭負擔不輕，而我的孩了也還不到給我接棒的時候。

一個人的思想多麼會變，那真是絲毫勉強不得的。十幾二十年前，我視家如桎梏，只想一飛衝天；而如今呢，我卻把家當作塵世的天堂，自己的王國，一刻也不願意分離了。

家住郊區

我在三年半之內搬了三次家，而且愈搬愈遠，由市區而近郊，又由近郊搬到郊區的邊緣。朋友們都笑我搬家搬得勤，其實，這是近年來的一般趨勢，不獨我一家如此。由於舊有的日式房屋已遭遇時代的淘汰，生活水準提高，大家都希望住得好一點，但是市區覓屋又太難，自自然然的就向市郊發展；有時為了房子住得不合意，自然也就會一搬再搬了。

住在郊區，第一件樂事就是眼界遼闊、開門見山。第二件樂事是空氣較為清新，噪音減少。第三件樂事是可以以較低的租金住較好的房子。

然而，世界並無十全十美的事，凡事有利也必有弊。住在郊區，人們首先想到的是交通不方便，而我感覺到最不習慣的卻是菜市場之髒，以及連一份報紙一本雜誌都沒處買的文化沙漠景象。

我往的這個地方，人煙稠密，地點不算偏僻，但那個菜市場之簡陋與髒亂，簡直不下於昔日的農村。而且根本沒有正式市場，只是在一條巷子裡擺上幾個攤子，要買什麼就沒有什麼，地上永遠佈滿黑色的泥濘。因此之故，我已視買菜為畏途，有時寧可花些車錢回到原來的菜場去買。

我說這裡買不到報紙和雜誌，所指的是較有深度的雜誌。市場附近有一家文具店，倒是掛著幾本花花綠綠的電影畫報和消閒刊物，但是我所要看的幾種期刊，除了訂閱，卻勢非回到舊居附近去買不可。

住在郊區，雖有種種不方便，我卻是寧可忍受這些不方便。因為我對大都市的煤煙、車塵和噪音已到了忍無可忍的程度，我要離開它們，愈遠愈好。

金玉其外的公寓

以前，到那些住在公寓裡的朋友家裡去拜訪，對他們住宅的富麗堂皇、雅潔舒適，以及種種新式設備，頗感羨慕。等到自己一旦也住進了公寓，卻忽然發現一個事實，這些外表美觀的新式公寓，都是金玉其外，敗絮其中的（當然，那些月租數千元的，可能例外）。

最近，我搬了一次家，新居是一層新蓋的公寓的二樓，第一次去看房子時，看到房子那麼寬敞、光線那麼充足，一切設備也都很齊全，價錢也還合意，在覔屋不易的情形下，沒有多加考慮，就租了下來。

誰知道，一般進去就發現廚房和浴室的水管竟是無管不漏；抽水的馬達又常常壞，一壞了我們便變成了涸轍之魚。最妙的，這間公寓的光線好和窗子大而多也成了一種威脅。因為每間房間都有一面以上的大窗子，這樣一來，除非把窗門全部關起來，或者把窗帘拉上，否則，無論你坐在房間的任何一個角落，都會被鄰居看得清清楚楚。毫無隱秘。

此外，由於彼此望衡對宇，關係密切，而又沒隔音設備之故，共一道樓梯上下六戶開門聲和關門聲、樓上移動家具聲、倒水聲等，都清晰可聞。剛搬進時，別人開門，老以為是自己家裡的聲音，過了好幾天，方才習慣。

近年來各地房屋的濫建，使得承造的包商有了一次大撈特撈的機會，為了搶生意，為了迅速交貨，他們就以偷工減料的方式來敷衍塞責。現在，已形成了這樣一個事實，凡是房屋和家具之類，老的雖然外表不夠美觀，但卻是真材實料，堅固耐用。新的呢，漂亮則漂亮矣，然而卻是中看不中吃，只是繡花枕頭一個。而那些大批興建的公寓是最最虛有其表的一種，因為不是內行人的話，是不容易看出它的真面目的。

不過，話又得說回來，無論如何，這些金玉其外的公寓，總比前幾年大家所住的日式平房舒適得多。想起當年大家住木屋，睡榻榻米，蹲在地上用扇子搧木炭爐子燒飯那種克難生活，就覺得這些偷工減料的公寓也算是一種進步，似乎不應該太苛求吧！

買書與讀書

有一位朋友表示羨慕我家書刊之多。我說：「你也可以買嘛！書刊便宜得很。」於是，她又表示：她家的經濟也並不十分充裕，能省則省，買書這筆錢並沒有列在預算之內，所以只好放棄這個慾望了。

聽了她的話，我不想再開口。假使她這種住得起花園洋房的人也買不起書，那麼，誰買得起呢？這正是我們目前社會一個令人感到悲哀的現象——我們的讀書風氣太不普遍了。

據我的觀察，除了真正愛讀書的大學生，當教書匠的以及我們這些搖筆桿的人以外，一般人的家中難得有一架子的書，難得訂一份報，或在買一本期刊（娛樂性質的除外）。人們捨得花二十塊錢去聽歌，花二三十元去看一場電影，花幾百幾千元去賭博，卻捨不得花十塊錢買一本書，一個月花三十六塊錢訂一份報紙。他們短視得只知貪圖一時感官上的享受，而不知道一本書或一份報紙能夠給予他們無窮的知識。

我總覺得：在一個家庭的客廳中，不論它佈置得多麼豪華；但是，假使沒有書籍、字畫和鮮花做裝飾，就會顯得庸俗而沒有生氣。而事實上，有錢人都捨得買絲絨做的沙發、廿五吋的電視機、落地電唱機等等高貴的家具；然而，假使你叫他拿出幾千塊錢來買一套文庫，那等於要了他的命。

成人不愛讀書，他們的最佳理由是「沒有時間」。天曉得，他們有多少時間花在打麻將和看電視上面。讀書風氣是可以培養出來的，父母不買書，不讀書，休想孩子們會變成「讀書種子」。孩子們會這樣想：繁重的功課已把我壓得透不過氣來，還看什麼課外書？有空的時候，看看電視上的歌星唱歌，在牌桌邊轉轉（爸爸媽媽手氣好時說不定會塞過來一張五十元的票子），樂何如之？

一離開學校，就與書本絕緣，這是存在我們社會上的一般情形。看到我們東鄰日本的讀書風氣之盛，書籍之暢銷，作家收入之超過大牌明星，真是感慨萬千！我們原來是個禮義之邦，是聖人之後的書香門第呀！如今為什麼卻事事落人之後？

提早寫作教學

本省中部有一所埔里國民小學，實施提早寫作教學，從一年級開始，就教孩子們學習寫作。據報載，實施以來，成績非常優良，學生進步神速。有一個一年級的女生，本來只能夠寫出三四十個字的日記或者作文，但是現在已經能夠寫出四百字左右的文章，而且寫得頭頭是道。如今，埔里國小為了促進學童習國語文興趣，提高他們的水準，已決定擴大推行這種教學方式。

看到報上這條消息，令我這個搖筆桿的人感到十分欣慰：起碼，已有人注意到下一代的寫作能力，也有人在為這一件工作而努力了。可惜在那條新聞裡沒有說明他們用的是什麼教學法，怎樣去教導一個六七歲的幼童利用文字來表達他們的思想。據我的猜想；剛入學的孩子，還認不得幾個字，大概是漢字和注音符號兼用，才有辦法完成一篇作文。我以前也看過低年級學童所寫的信和作文。一半漢字，一半拼音，心裡所想的，就毫不修飾的寫出來，一片純真，天真可愛，讀之如聞其聲，如見其人，比起「秋水軒尺牘」和「作文模範」之類，不知強了多少倍。這是注音符號之功，其功實不可沒。

幼兒的學習能力很強。專家們早就主張嬰兒可以學游泳，五歲的兒童是開始學鋼琴的最佳年齡，而小學生學習外國語文也比中學生容易。所以，把作文教學提早到從一年級開始，是很合理而且容易收效的。

目前，一般學生的國文程度都十分低落，大學畢業生連一個信封都寫得不合規格，一張便條都寫得不通順的比比皆是，這完全是當今教育政策不重視國文成績，國語文的教科書太不重實際之故。在提倡復興中華文化的今日，在青年人一窩蜂出國的今日，假使一般學生的國文程度都如此低落，這豈不是我們的一個恥辱，也是替國家丟臉？

提早寫作教學，是極有意義的一件工作，要是國中和高中也能夠一貫地對國文一科（尤其是作文）加以重視；我相信，我們的下一代，將不至連一張條子都寫得辭不達意，別字連篇。

輯二　文學與音樂

文人三題

文人氣質

生平煙酒不沾，在一些交際應酬的場合，有人敬煙奉酒，我總是敬謝不敏。於是，有人說：「你是文人，怎可以不喝酒呢？文人與酒是分不開的呀！」又有人說：「抽煙可以有助於靈感的產生，你一天到晚寫文章，想不到連煙也不會抽。」

言下之意，彷彿文人都應該是酒仙煙鬼，而不會喝酒抽煙的，便不配當文人（怪不得前人把「靈感」一字音譯為「煙絲披你純」，一笑）。這不免使得既不會喝酒又不會抽煙的我感到既慚且愧。

事實上，這也怪不得一般人有此想法。古往今來，不嗜煙酒的文人又有幾許呢？李白、劉伶固是酒中仙，而其他文人在作品中歌頌酒的好處的，更是數也數不盡。清末的文壇怪傑辜鴻銘、英國的名詩人柯爾律治是抽大煙的；而詩僧蘇曼殊更是嗜食而亡。所以，所謂煙酒與文人分不開之說，似乎指的是文人都有怪癖吧？

文人雖然大多嗜煙好酒，但是嗜酒好煙的卻不一定是文人，一個真正的文人，必須具有一種特殊的氣質。這種氣質是很抽象的，有時簡直是可以意會不可以言傳。勉強說來，首先，一個文人應該有脫俗的胸襟與思想，他必須把寫文章列為生命中最重要的一件事，絕對不可一面攪政治、做生意或者炒股票，而又一面著書立說。即使他有過人的才具，認為兩者並行，毫不妨事；然而，在明眼的讀者讀來，他的文章便會沾上煙火氣，不夠純淨了。其次，文人似乎應有一顆赤子之心，他應該喜愛兒童，喜愛小動物；如此，他的文章才會充滿了純真與愛心。愛好大自然也應該是重要的文人氣質之一，文人不必個個成為田園詩人；可是，他卻不能夠對大自然的瑰麗無和繪畫動於中，因為大自然的佳景可以有助於文章的美化。此外，假如在文學之外，對音樂也都一樣的感到興趣，他的文人氣質便已幾乎臻於百分之百了。

日前讀蘇東坡的〈行香子〉，讀到後面那幾句：「幾時歸去，作個閒人。對一張琴、一壺酒、一溪雲。」不禁發出會心的微笑。「一張琴、一壺酒、一溪雲」不正是每一個文人所最喜愛的事物嗎？而喜愛這三種事物的，也正是具有文人氣質的人啊！

書桌與書架

上面我說過文人都有怪癖，這可以從文人的書桌與書架來證明。文人的書桌與書架大多是零亂不堪，而且不許他人去打掃去移動；這在他們自己看來是有個性、夠瀟灑的表現，但在愛整潔的人看來，卻是無法忍受的事。

我的書桌不算很潔，卻相當整齊，每一樣東西，都有固定位置。文章寫完，必定把稿紙和鋼筆收進抽屜裡；待辦的文件、信件以及未讀竟的書必定放在右首當眼的地方，以催促自己早日辦妥讀完。我書架上的藏書，除了分門別類以外，還要以書的大小、裝釘和顏色來排列。我喜歡把大本的書和小書、洋裝書和平裝書分開來擺，而紅色的書和綠色的書決不並列；這樣，我的書架雖簡陋，卻仍不失美觀。

有些「瀟灑」的文人，書桌上書刊、信件、稿紙縱橫，茶杯中泡著黑褐色的隔夜茶，煙灰缸上煙蒂堆積如山，桌上灰塵密佈，根本沒有地方可以寫字；書架上也是亂七八糟，抽出來的書從不歸還原處。這樣的書桌書架，他們自己卻甘之如飴，據說一旦整理過了，他們反而寫不出一個字，也找不到想找的書。

如此這般的怪行為，如果需要解釋的話，大概也算是文人氣質的一種吧？

生活圈子與寫作範圍

常常聽見有人批評：你們女作家，寫的都是婆婆媽媽的身邊瑣事，是很難創造出偉大的作品來的。言下頗有輕蔑之意。

這種批評，恐怕難以令人接受。女作家們，大都是生活圈子狹小，她們所熟悉的事物不外是愛情、婚姻、家庭、孩子、學校與辦公廳；若說這些瑣事不值得筆之於書，而叫所有的女作家都放下了筆，寧非因噎廢食？《戰爭與和平》是一部偉大的作品，只因為托爾斯泰生長在那個時代，而又親身參加過戰爭，所以他才能夠寫得出來。以《傲慢與偏見》一書著名的英國女小說家珍・奧斯汀，她寫的都是平凡的人物與平凡的故事，只因她寫得夠深刻夠細膩，所以沒有人否定她作品的價值。可見一部文學作品的是否有分量，並不是以它內容的是否「偉大」來衡量的。

雖然說這是個大時代，我們需要的是戰鬥文學；但是，不見得就要每個作家都去描寫戰爭，正如不見得每個人都要去當兵一樣。除了戰爭文學，一些純文藝的作品仍是一般女性讀者所需要的。女作家的文筆大多比較柔美細膩，用來寫抒情小品以及生活隨筆，正是合適不過；只要不粗製濫造，為什麼不可以寫身邊瑣事呢？何況，「寫你自己所熟悉的事」，又是寫作的規則之一？

戰鬥文學固然可以紀錄時代，把當今正常的家庭生活描寫出來，又何嘗不是時代的反映？

沉默的耕耘者

我的筆墨生涯可分三個階段：第一個是小詩人時期，第二個是無所不寫時期，第三個時期才專寫散文和小說。

我寫舊詩是從十三四歲就開始，所以不敢自稱詩人，而冠以一個小字。那個年齡，正是不識愁而強說愁的時代，我那些幼稚的詩詞，當然大部分都是風花雪月、無病呻吟；不過，也有不少憂國傷時之作，因為那時正值抗戰期中，我的少年熱血正在沸騰。我的舊詩的確寫過不少，長大後，我把它們用一本宣紙做成的簿子抄起來，題名「危樓吟草」，共有一百餘首。可惜，不知怎的，成年後我的詩思就漸減，愈寫愈少，結了婚以後，竟然一首也寫不出。大概是在忙碌的主婦生涯中，嬰兒的啼哭以及廚房的油煙把詩的精靈嚇跑了吧？

無所不寫時期並非緊接在小詩人時期之後，事實上，早在民國卅二年，我就已經開始從事新文藝的創作。第一篇發表出來的作品是登在桂林的《旅行雜誌》的〈粵西之行〉，那是描寫我們一家從淪陷區逃到自由區的經過的報導。接著，我又寫了一篇從粵西到桂林水路上的遭遇——〈撫河舟行二十日〉，投給大名鼎鼎的《宇宙風》半月刊，也僥倖被採用。這兩篇稿子的發表，使我對寫作的興趣與信心大增，我一面寫舊詩，一面寫新文藝。後來，我到重慶，復員後回廣州，去香港，每到一個地方，都與當地的報紙副刊和文藝雜誌打交道，只是為數不多。

真正無所不寫是在四十一年以後。那時，我還沒有摸出自己該走什麼路子，只是盲目的亂寫，小說、散文、兒童故事、廣播劇、家政……，我全都涉獵。此外，我又從事繙譯，範圍更廣，除了文學以外，醫藥、科學和電影方面的文章我都譯。那一段時期，我幾乎天天有稿子發表。我採用過很多筆名。固定用現在這一個，是開始專寫純文藝性稿子以後。

幸虧我這樣盲目亂寫亂繙的時期並沒有維持多久，很快的，我的興趣便集中在文藝上面，專心從事小說和散文的創作；偶然旁及繙譯，也只限於文學作品。十三四年來，我循著這條路子向前走，始終沒有停過步，不論我能否走到山巔，或者只能夠在文藝之峯的山腳下徘徊，今後，我相信我永遠不會停步的。

說到這裡，似乎應一該把這些年來的成績結算一下。比起一般多產的作家們，我寫得並不算多，到現在為止，才出版過一個長篇、一個中篇、兩本短篇集、兩本童話。至於已經發表過的作品字數，作一個最保守的統計，大概有五百萬字。其中除了上面那四本單行本以外，包括了三個中篇、三個繙譯的長篇、新詩一首、無數的短篇小說及散文、雜文等。至於舊詩，我一共只發表過兩次，一次是剛來臺北時所寫的三首〈臺北風情竹枝詞〉，一次是後來在《暢流》所登的〈遊碧潭有感〉。

從四十八年到五十三年，這五年間是我個人寫作的高潮時期，那時，我的靈感源源不絕，寫起來得心應手，非常痛快。可惜，好景不常，這兩年來，我已失去了那種「得意」與豪情。不能像以前那樣寫得從心所欲，因此作品產量大減。

這，說得好聽是自己成熟了，不再粗製濫造；說得不好聽，也許是退步或才盡。不管怎麼樣，我如今愈來愈變得眼高手低，卻是事實。對自己的作品，我的要求愈來愈嚴，寫出來的東西也愈來愈不順眼，因此，也就不敢多所糟蹋人家寶貴的篇幅。從前，每登出一篇作品，就感到飄飄然不可一世，如今，看到自己的手稿變成了鉛字，反而會因為裡面的瑕疵而臉紅。這應該表示我並非退步吧？

我近來的少寫，還有一個原因，就是發覺自己能寫的東西實在太少了。我的人生閱歷不廣，生活圈子太窄，沒有見過的事物不知有多少，與其硬生生地全憑臆測的把自己根本不懂的事情塞進小說裡，寫出浮泛而沒有真實感的故事。說些令人笑掉了牙的外行話，何如藏拙？這就是為什麼在我的小說中，出現的人物全都是知識份子中的作家、新聞記者、畫家、音樂家、教師、學生和公務員，而故事的內容也大都離不了婚姻、愛情、倫理、友情等，因為我熟悉他們，也懂得那些感情。

由於這個道理，在我現在專「攻」的短篇小說和散文中，我還是比較偏愛我的散文。寫小說總難免雕琢和捏造事實，而散文卻完全是真情的流露，是性靈之作，時時會有神來之筆。不幸，如今的讀者只欣賞「長篇言情文藝小說」，出版界也只歡迎洋洋數十萬言的「巨著」，散文沒有人看，也沒有人肯出版，這真是散文作家們最大的悲哀。雖則如此，我仍然沒有放棄寫散文的意思。我覺得：在文學的境界中，以詩最高，散文次之，再其次才是小說。我已經失去詩心了，怎可再失去散文？

有人說寫作的滋味是苦樂參半，在我看來，卻是樂多苦少。自從熱中寫作以來，我變成了一個對時間極其吝嗇的人，因為在一天之中可供我執筆的時間並不多，所以我特別珍惜那些空餘的一分一秒，只要有半個鐘頭以上的空閒，我就會自自然然地坐到書桌前面，攤開稿紙。這些年來，我過的是清教徒式的生活，除了偶然看一場電影，就沒有其他的娛樂；我不准自己把時間浪費在沒有意義的事情上；即使是星期日，也不准自己多睡十分鐘。我要極力爭取我自己的「靈修」時間，在那個時間裡，才是我身心最協調最愉快的一刻，即使寫不出什麼，也可以讀讀書，或者讓思想作一次無拘無束的馳騁。

我的性情內向而好靜，從事寫作，真是最適宜不過。在文藝的園地中，十多二十年來，我一直只是默默地耕耘著，不求聞達，更不敢奢望得獎。由於自己的害羞和木訥，我最怕見生人和說話；朋友們約我寫稿，在可能範圍內，我無不樂於應命，要我開會、演講、上電視、上廣播，那簡直是強我之所難。本來嘛！身為文人，有一枝筆已足，如果上天再賦予一張會說話的嘴，那就得天太厚了。

沉默地耕耘了十幾二十年，我對寫作的興趣始終有增無減。由於此中自有佳趣，我已沒有太大的野心。有生之年，能夠寫出一兩本有份量、有價值、足以傳諸後世的作品，於願足矣！

靈感

你不能老是坐在那裡等待靈感，靈感是個客人，他不會來拜訪懶漢的。

——柴可夫斯基

靈感是一切創作的泉源，也是所有從事創作的人的好友。一篇文章、一幅圖畫、一首樂曲、一件藝術品、一個舞姿、一齣戲劇……假如沒有靈感的激發與啟示，便永遠產生不出來。

靈感是一種很奇妙的東西。它經常隱藏在烏有之鄉，你根本不知道它來自何方。它又是個狡猾的傢伙，你想見它的時候，它偏偏不肯露面，一任你為相思而憔悴。有時，卻又出其不意的從你背後出現，用雙手掩住你的眼睛，使你猝不及防。

當然，靈感有時也可以創造不一定要等候它自己出現。大音樂家柴可夫斯基在寫信給長期以金錢維持他生活的好友梅克夫人討論創作方法時說：「至於約寫的作品，有時你必須創造出你自己的靈感來。常常會有這樣的情形，你首先必須征服懶洋洋的狀態和缺乏興趣的狀態。接著種種困難來了，有時勝利來得很容易，有時靈感完全消失。但我相信一個藝術家的責任就是永遠不肯罷手，因為懶洋洋是人類很強烈的習性，對於一個藝術家是再也沒有比讓懶洋洋支配了更壞的事情了。你不能老是坐在那裡等候靈感；靈感是個客人，他不會來拜訪懶漢的。」他這番話，當可以使那些一年才寫一首詩，一年才畫一幅畫的惜墨如金的藝術家們感到慚愧。以「沒有靈感」來為自己作品的減產作搪塞的，只是個道地的懶人。

以我個人從事創作的經驗說來，大多數是先有靈感，後有題材。這種靈感，常常來得極其突然，像是電光石火，一縱即逝，非要立刻牢牢抓住不可：萬一被它溜掉，就得費許多工夫去追尋了。有時，也會有了題材而不知如何下筆好；這時就得像柴可夫斯基那樣：「征服懶洋洋的狀態，創造出自己的靈感來」，必須挖空心思；絞盡腦汁去找尋靈感。一旦靈感來臨，利用已有的題材，就可下筆千言，洋洋灑灑，痛快淋漓地寫下去。

作為一個從事創作的人，如果要自己的作品精益求精，就必須不斷地創作，不斷地磨礪，以求有一天能臻於至善至美之境。靈感雖然難求，但是並非不可製造：自己創作不出新的作品，感到江郎才盡之時，絕不能諉過於靈感不來。假使你整天坐在家裡等候靈感，守株待兔，那麼你的作品將永遠無法進步。

創作的原動力

古今中外，有許多文學家和藝術家在痛苦困頓的環境中創作不斷——左丘明、司馬遷、杜甫、米開朗基羅、梵谷、貝多芬、舒伯特……，他們為的是甚麼？又得到了甚麼？是金錢與名譽嗎？不、不，一切美好的藝術品都是屬於懂得欣賞的人而不屬於創作者本身的。藝術家點燃自己，照亮別人；只知耕耘，不問收獲；嘔盡心血，死而後已；無非是一股創作的衝動與狂熱在支持著。這股衝動與狂熱的力量愈強，創造出來的作品愈偉大。當一個藝術家一旦失去了這股衝動與狂熱，他的藝術生命也就完結了，因為那正是創作的原動力啊！

聽黃自音樂會有感

當那些甜美的、悅耳的、壯麗的、激昂的旋律進入我的耳鼓時，但覺我心茫然、瞿然、怃然、悵然……，久久不能自已。啊！我終於又聽到了我所熟悉、所喜愛的歌曲。時光倒流了二三十年，我彷彿又回到我的童年和少年時代。

連續幾個夜晚，在收音機畔和電視機前，我都收聽到紀念黃自先生逝世三十週年紀念的音樂會。黃自先生是我最崇拜的中國音樂家之一，他的作品，我差不多每一首都喜愛。所以，當我知道了電視公司和好幾家電臺為了紀念這個日子而都準備了特別節目時，我幾乎是以虔敬的心情來等候著。可能是太久沒有聽到這些歌曲了，一聽到了就像遇到久別的故人，竟然激動得熱淚盈眶。

聽！那首淳樸的、輕鬆的〈農家樂〉，親切的、有趣的〈西風的話〉，是我念小學時上音樂課學來的。想想我們睽違了多久？當年的市立二小的校舍還存在嗎？

高中二那年，我們學校裡舉行合唱比賽，我們那一班選唱的正是黃自先生的〈旗正飄飄〉。那時，抗戰已到中期，國人敵愾同仇的心理日益高漲；我們雖然避地香江，愛國之心並不後人，島上處處可聞雄壯的抗敵歌聲。我們一群女孩子，站在臺上，引吭高歌「旗正飄飄，馬正蕭蕭。槍在肩，刀在腰，……熱血似狂潮……男兒報國在今朝。」的時候，熱血也真的在胸中沸騰著，恨不得奔向戰場，手刃敵人。許是因為我們的歌聲感情夠充沛吧，結果我們那一班竟得了冠軍。如今，事隔多年，同學星散；當年指揮我們演唱的音樂老師朱麗雲先生也早已音訊隔絕，不知遠在何方。思之惘然。

後來，我又學會了黃自先生其他的作品〈天倫歌〉、〈踏雪尋梅〉、〈花非花〉、〈本事〉和〈抗敵歌〉等。至於那首膾炙人口的〈國旗歌〉，更是當年每一個學生都會唱的。在這些歌曲中間，我最喜歡的是〈花非花〉和〈本事〉。〈花非花〉空靈、秀逸而飄渺，〈本事〉卻是溫柔、婉約，可人。這才使我領悟到，我們中國也有真正的藝術歌曲。

更令我感到驚奇的是，這些年來，我沉迷在西洋古典音樂中，聽盡了所有名家的不朽樂曲；然而，對於我國真正有價值有分量的作品（甚至國樂），還是一樣喜愛，可見藝術是沒有時空的阻隔的。這就是為什麼我會對黃自先生的作品始終尊崇如一的道理。

黃自先生在音樂上的成就，雖不敢說後無來者（也不希望如此），起碼也可以說前無古人。但是，至今三十年了，為什麼依然後繼無人，讓那些黃色歌曲、靡靡之音氾濫在社會的每一個角落裡呢？

聽曲

鎮日窮忙，過著驢子推磨般日子的我，好久好久，都把唱機和唱片冷落了。失去了每日音樂的薰陶，生活中總似乎欠缺了甚麼，有著說不出來的空虛與寂寞。有那麼一天，我了卻一筆文債（為了趕著完成那篇稿子，我已有多日過著苦行僧的生活），而尚有半小時的空暇。這時，根本沒有經過任何考慮，首先進入我腦子裡的一個念頭就是：聽音樂。為自己泡了一盞醒醐的清茶，打開塵封已久的電唱機，選擇了一張好久沒有聽到而我十分愛聽的唱片——布拉姆斯的第二號鋼琴協奏曲放上去。當那音色朦朧的法國號吹出了夢幻般的第一主題時，我忽然全身都顫抖起來，一直顫抖到靈魂深處，眼眶中也充滿了淚水。啊！我知道，這是我受到強烈美感的激動，也是如晤故人的喜悅。

文學、美術和音樂，雖是我最喜愛的三門藝術，但是我欣賞的範圍不算太廣。尤其是音樂，我所喜歡的，幾乎僅僅限於浪漫派的作品；古典派的我嫌呆板，印象派以後的我又嫌不悅耳。而在浪漫派的樂曲中，那些太通俗的。太熟悉的又因為已失去新鮮感而引不起我的興趣；

所以，剩下來我愛聽的樂曲實在已經無多。我這個人實在難以取悅。

十多年前，當我剛剛開始接觸古典音樂時，我所崇拜的音樂家是貝多芬、蕭邦、舒伯特和維爾地。漸漸的，我對他們的作品太熟悉了，竟然感到有點厭倦。現在的我，最熱中的是布拉姆斯、李斯特、柴可夫斯基等浪漫派大師們的作品，而旁及古典派的莫札特和印象派的德布西，因為這兩個人的音樂，一個明快歡樂，一個空靈飄逸，都是深得我心。

聆聽自己喜愛而不怎麼熟悉的樂曲，那真是人世間至高無上的享受。每當聽到一個似曾相識的旋律，就會在內心無聲的喊著：「多美呀！原來是這樣的！」於是，我就在音樂給予我不斷的美感與新鮮感中陶醉了自己。

這種滋味，又與品嘗食物相似。以喝茶為例，我以前喜歡喝香片，後來喜歡喝鐵觀音，有一度又改嗜紅茶；最近，我卻喜歡起略帶苦澀的清茶來。喝茶如此，聽音樂也如此。我從小到現在都喜歡喝茶，但是對茶的種類卻喜歡有所變化；我對古典音樂的愛好始終如一，但是對各名家作品的選擇，卻時有不同。不知道這算是擇善固執呢，還是善變好新？

無論我聽音樂的態度是擇善固執，還是善變好新，它所給予我感受之深，除了一本好書或一齣好電影外，真是難以比擬。而其中滋味的雋永甘甜，除了同道知音之外，又待與何人說？

輯三　抒情小品

都市人的呢喃

那個黃昏，當我從中部坐了四個鐘頭的公路車回到北部，在享受了四個鐘頭田野向晚的清風以後，車子一進入新莊，速率漸漸慢下來，悶熱就開始包圍了車廂，這時，我忽然對都市興起了從來不會有過的強烈的憎厭的感覺。尤其是進入臺北市以後，馬路上車如流水，人如潮湧，使得我們所乘的公路車寸步難移，開得比牛步還慢；而到處的霓虹管和日光燈又製造出人為的熱度，使得整個城市就像大火爐，與剛才田野間的清涼，相去何啻天壤之別。

這時，我但覺痛苦得好像投身地獄一樣，恨不得遠遠離開這可怕的軟紅十丈，也恨不得遠離這些瘋狂的人群（非常巧妙地，哈代這本書名《遠離瘋狂的人群》（*Far from The Madding Crowd*），就在這時出現在我的腦海之中）。真的，瘋狂的人群啊！你們為什麼不在你們的花園中、後院裡、陽臺上享受上天賜給你們的夜涼，而偏要往大馬路上擠呢？難道西門圓環四周那些畫著女人大腿的巨幅廣告，五花八門的櫥窗，花花綠綠的霓虹燈，鬼哭神號的西部片，離奇古怪的武俠片，歌廳中歌女的紅唇媚眼，咖啡室中的廉價色情……就值得你們流一個晚上的汗，吸一個晚上的車塵？我真為你們感到悲哀。

我原本就是個不愛熱鬧的人，以前，還喜歡往電影院裡跑，近年來，有了電視的代替，除了真正有價值的片子，我就連電影院也懶得去。現在的我，覺得最大的樂趣就是呆在家裡。世界上還會有什麼地方比家裡舒服的呢？在家裡，沒有名利的紛爭，沒有虛偽的客套，白由自在，無拘無束。在這種大熱天裡，穿得衣冠楚楚，全副披掛，那簡直是在受罪；但是，在家裡你卻可以隨意挑選寬鬆涼爽的舊衣來穿著，解除上街時身上的一切桎梏，甚至連手錶也不必戴。這時，已享受到真正「自由」的我，真是忍不住要三呼「自由萬歲」。可惜，這種自由的日子一週中只有一天，所以，我對這一天特別珍惜，非萬不得已，絕不出門。

既愛田園，而又深愛「自由」不喜拘束的我，偏偏不幸而一輩子都住在大都市中，從無親近大自然的機會。想到了陶潛「少無適俗韻，性本愛丘山，誤落塵網中，一去三十年」這首詩，不禁為之憮然。歸隱田園，遠離瘋狂的人群，在這個時代裡，已是不太可能的事，我只希望，多有一些享受「自由」的機會，能夠遠離煤煙和車塵，那就於願足矣！

垃圾堆旁的田園

我家後門那條巷子的一塊空地上，有一個像小丘似的垃圾堆，垃圾堆的後面是一泓渾濁的汙水，這個垃圾堆和汙水，成了蚊蚋滋生的溫床，我們住的地方雖然樓高三層，但是仍然避免不了蚊蠅的侵襲。因此，我對那個垃圾堆和一泓汙水，真是有著說不出的痛恨和厭惡。

垃圾堆和汙水的旁邊，是一列違建小店的後門，它們破爛的程度，真是令人吃驚。竹子編成的圍牆上，用破磚頭壓著一片片生銹的、千瘡百孔的破鐵皮，那就是開店的人們家屋的一部分。每次從廚房的窗口往下眺望這個貧民窟，我就會聯想起十多年前看過的一些義大利戰後寫實電影的鏡頭。

不論鄰居們住的是花園洋房抑或破爛的違建，我對他們都很少注意。我只知道，夏天來臨之後，那些違建小店的人，在黃昏的時候偶然也會在那泓汙水旁邊乘涼。這些人，可說得上是超現實主義的信徒了，他們怎麼不怕蚊子叮呢？這時，我真有點佩服他們「居陋巷，而不改其樂」的精神。

在我的不注意中，不知什麼時候，在那泓汙水旁邊竟然長出不少綠色的植物來。最顯眼的是一株美人蕉，它早已高與人齊，一簇紅豔灼人的花朵，在破屋、汙水和垃圾堆之間，簡直是風華絕代。那一邊，靠著短牆的旁邊，攀附著一個小小竹架，也長了一大片南瓜的葉子，朵朵黃花，迎風招展，遙想不久之後，就會結出肥碩的金黃色的南瓜來。

呀！是誰這樣風雅？竟把垃圾堆變成了田園的？一向不注意鄰居的我，現在，卻時時刻刻在觀察那個垃圾堆旁的動靜。而終於，我發現這化腐朽為神奇的人，竟是那家腳踏車店的兩個小學徒。

誰想得到啊？這兩個從早到晚困在那間陰暗悶熱的車店裡，與機油、扳手、破布為伍，滿臉烏黑、滿手油汙的少年（可憐他們浪費了青春！別的孩子在他們的年紀正都背著書包上學哩！）怎會懂得從種花中尋求樂趣的？然而，我卻親眼看到，每當清晨他們尚未開始工作之時，這兩個少年就在那泓汙水旁邊挖哪！種哪，澆水哪！忙得不亦樂乎！兩個人一面工作著一面嘻笑，似乎並不知道自己身世的可憫。

姑勿論這兩個小學徒是否真的懂得欣賞種花之樂，或而他們只是因為缺乏遊戲的時間和場所，而以種花為消遣。但是，他們已在這個垃圾堆和汙水之旁創造出田園之美，起碼，那些住在違章建築裡的人們，在黃昏納涼時，已有花可賞。

現在每當我站在廚房的窗口往下望時，首先就可以看到草叢中那株亭亭玉立的紅豔的美人蕉，以及那些長在綠葉中的金黃色的南瓜花。那泓汙水不知何故已變成了碧綠色，儘管渾濁不堪，遠遠望去，倒也像個小小的綠色池塘。有「綠色的池塘」，有美麗的花卉，有瓜棚，有綠草，一幅小小的田園畫呈現在我的後窗外；垃圾推，蚊蚋、破爛的違章建築雖然仍舊存在，但似乎已不那麼可厭了。從我家前面的陽臺，可以俯覽對面那家教堂廣大的林園；比較起來，林園雖美，可是那垃圾堆旁的小小田園景色卻更可貴。

心底微波

人的符號

經常在一些報表上簽上自己的名字，是我的工作之一。做慣了，我對這項工作已感到麻木而毫無意義，每次簽名的時候，我的手就變成了機器，自自然然地就會寫出那熟稔的、一生中不知寫過多少次的三個字，根本不須要經過大腦。

然而，有一次卻不同了，我忽然對著那三個字起了疑問：這三個字就是代表我的符號嗎？假如不是我在幹這份工作，換了任何三個字或者兩個字，這份報表的本質還是不變的；那麼，我的這個名字簽在上面又有什麼意義呢？

若干年前，這三個字曾經連續不斷地在一個小學生、中學生和大學生的作業上出現過；在後來的身分證上，它是人之妻、人之母；而在這些報表上，我卻又只是一個微不足道的工作人員。「人生到處知何似，應似飛鴻踏雪泥」，在人生路途的下一站，天曉得我這個名字又代表著什麼？言念及此，不禁惘然良久！

張三李四、阿貓阿狗、約翰瑪麗，通通都是人的符號，這個符號，對你自己，對社會，對國家，是不是有價值和有意義，那完全是操縱在自己的雙手上，與別人無關。假使有一個人真的淡泊到視功名如塵土，那麼，這個人的名字便真的只是一個符號，毋須為它而營營擾擾，終日不安。但是，世間上又有幾個人做得到呢？

囚

很多年前看過一幅西洋漫畫，它留給我的印象深刻極了。這幅漫畫有三部分，上面畫的是一個嬰兒坐在四面有欄干的方形遊戲檻內，中間畫的是幾個小學生站在圍有高高鐵欄的校園內，下面畫的是幾個銀行職員坐在櫃臺內工作，在他們的面前，赫然又是圍著鐵攔干。題目是「人生之囚」。

我是個心腸很軟的人，每每看到了籠中之鳥和檻中之獸而惻然不忍。然而，身為萬物之靈的我們，又有誰能夠擺脫那人生之囚呢？小時被關在遊戲檻裡，入學後被關在校園，長大後即使不一定做銀行職員，可是，生活的枷鎖、名利的桎梏還不是緊緊地羈絆著每一個的身心？我們全都是無形的囚徒啊！

樓頭織女

斜對著我們後窗的一座小樓，是一家小型服裝店的工作場所。每天，我都可以看到有四五個妙齡少女在那裡低頭工作，軋軋的縫衣機聲也隱約可聞。不知怎的，我每次看到這群辛勤的織女，馬上就會想到「娥娥紅粉妝」，「纖纖出素手」這兩句詩，而對她們肅然起敬。

在她們這個年齡裡，家境好一點的，都在大學裡享受她們的金色年華。有一些則正沉醉在緋色的綺夢中，大談戀愛。小部分意志不堅、貪慕虛榮的，又可能墮落在聲色場中，出賣她們的青春與色相。唯有，像這幾個樓頭織女一樣，甘願埋沒她們的青春，以勞力賺取生活所需，或者為自己掙點未來的妝奩費的，是最可敬的一群。誰不珍惜自己的青春？誰不想在少艾時盡情享樂？然而，這些勤勞刻苦的寶島姑娘們卻另有她們想法：自食其力最可貴，有耕耘，才有收穫。

我虔誠的祝福這群樓頭織女，願她們的生活得以改善，早日覓到如意郎君。

思想在奔馳

那天，並無殊於任何一天，我照例坐車進城上班。也許是由於那天的陽光特別暖和（簡直像是初夏）；也許是因為我很幸運的搭上一部新車，而且坐在車頭的第一個座位裡；要不然就是因為中午所吃的燻魚麵味道特別美，從市場買回來的一掛香蕉又香又甜。總之，我但覺滿心愉悅，快樂得直想笑直想叫。

車頭的玻璃窗明亮，明亮得像是坐在一部敞篷車上，我的視線一無攔阻。這個在暮秋的陽光照耀下的世界多美，到處金光閃閃，到處珠光眩目。大概是我的心已滿溢著快樂的泉水，從我的心眼中所看見的午後空曠的馬路也彷彿到處滾動著透明的、閃光的寶石似的。

呀！原來人家院子裡的聖誕紅都已綻放了滿枝的花朵。看它們長得多茁壯，高與屋齊，朵朵嫣紅的大花傲岸地屹立枝頭，似乎在與籬下的黃菊比賽誰不怕深秋的風霜（寶島的秋天今年好像毫無蹤影）。昨天，我才為自己陽臺上那兩盆怯生生瘦伶伶的，被害蟲蛀蝕得枝葉離落的聖誕紅居然也含苞欲放而欣喜不已，想不到滿城的聖誕紅都已繁花滿枝。我這個人就是一切都比別人遲鈍，正如那些圓頭粗跟的鞋子早已流行，而我還在懷疑別人為什麼要穿那麼怪的鞋子一樣。

這條新開的馬路好寬闊，好直，驅車其間，視界為之一寬。臺北市近年來變得真多，像從一個荊釵布裙的村女搖身一變而成為摩登的都市小姐，雖則依然土裡土氣；不過，我們這些跟她相處多年的人還是喜歡她愛護她的。紅燈使車子停留在一個十字路口上，一部美國學校的校車從後面開過來，和我們的車子並站排著。啊！一車子金髮藍眼的洋娃娃，多可愛！靠窗口一個有著一雙圓圓的褐色眼睛，鼻頭長著幾顆雀斑的小男孩望著我天真地一笑，我也回報他一笑。這也是緣分呀！在這一百多萬人口的都市中，馬路縱橫交錯，每天走過的車輛何止千千萬萬，我們為什麼剛好隔著車窗相遇？

陽光好明媚，車行好平穩，車窗好明亮，座位好舒適。在我心情愉快的時候，我很喜歡每天這二十分鐘的行程，因為藉此我也可以有二十分鐘的遐想。車子在馳騁，我的思想也在馳騁。否則的話，鎮日窮忙，我的腦筋那有自由活動的時間？而此刻。我的思潮澎湃，靈感泉湧，恨不得立刻執筆把它一一記下來，我真擔心等一下就會忘得一乾二淨。

一個大學女生走上車，坐在我的旁邊。她攤開一本邏輯學在膝上，相距咫尺，我的目光不免被書頁上的黑字吸引過去。看到那一個個稔熱而又陌生的字眼，不由得想起了自己已經失落了黃金年代，可惜，才「偷看」了一頁就得下車了，再見！「推演」、「前提」與「涵應」。再見！我的黃金年代！

夏日二題

綠色的世界

夏日的原野是一片綠色的世界。放眼望過去，只看見綠色的山、綠色的水、綠色的樹，還有綠色的草地，到處是青翠的顏色，使你疲倦的雙眸感到舒暢，使你苦熱的身心感到一陣清涼。

那一大片悅目的綠色，我真不知如何去形容。它深淺濃淡不一，彷彿是把世界上所有的綠寶石、碧玉、翡翠和琉璃揉合而成。青葱、蒼鬱、碧翠、黛綠……綠色之中又有各種變化，真是美不勝收，看得你目搖神眩。

平日我認為看來很呆板的梯田，當它披上了綠色的夏衣以後，也顯得美麗了，從山上望下去，那不規則的一塊塊綠色田疇，稻苗是草綠色的，田埂上濃密的小草是碧綠的，遠望就像是一幅巨大的、以草綠和碧綠兩個顏色構成的圖案畫，常常吸引得我久久凝眸。

小溪

公路旁邊有一道小溪，溪邊有幾棵綠樹，為它遮住了炎夏的驕陽。小溪終日唱著歌，從上游奔流下來，它是那麼快樂，以至每個人看到了它，都會不自覺的把滿腔煩愁拋得遠遠的。

小溪往往使人聯想到童年，因為幾乎每個人都有過赤腳在小溪裡捉魚蝦的經驗。同時，小溪也是成年人的良友，溪邊垂釣，不是夏日最好的消暑方法嗎？

若能結廬住在小溪畔，日夜聽著小溪快樂地潺湲歌唱，人生復有何求？

蘆花・垂柳・鄉愁

不知從什麼時候開始，那邊河堤上竟然開遍了一片白茫茫的蘆花，在秋陽下隨風飄蕩著，後來，在一條巷子的空地上，我又看見了一大叢這種似棉絮般的毛茸茸的植物。這遂使我這個一直住在都市中的大自然土包子大感驚訝：臺灣原來也有蘆葦？在我那珠江之濱的故鄉好像沒有的呀！我還以為蘆葦是北國的產物哪！「楓葉荻花秋瑟瑟」，在我的想像中，蘆花應該是長在秋風蕭瑟的寒江畔的。

我在這裡發現蘆花的感覺，正如去年夏天在一條圳邊發現了兩排細條垂拂的楊柳一樣。啊！在六月的豔陽天下，千萬縷碧綠的柔絲在水面飄拂著，此情此景，該不是我置身鶯飛草長的江南吧！一時間，我竟鄉愁泉湧，不能自已，忘記了自己身在熱鬧的臺北街頭。

如今，我發現了蘆花，又以為自己到了寒沙落雁的北國水涯。然而，這裡並不是江南，也不是北國；我的故鄉，我那分別了二十年的故鄉，卻在海的那一邊啊！

向日葵

除了在圖畫、在照片、在電影裡，我從來不曾看見過真的向日葵。而今天，在落日的餘暉裡，一朵巨大的向日葵卻在那橋下的河岸上遙遙的向我招手。

它亭亭地、孤寂地長在河岸一間小木屋的旁邊。我天天坐車經過這裡，木屋的旁邊，昨天還是什麼都沒有，今天卻奇蹟似地忽然冒出這麼一朵斗大的花來。它微仰著臉，面對著將要離去的太陽，似乎有點戀戀不捨。我第一眼看見了它，不禁狂喜的在心中叫喊著：「好美呀！一朵盛開的向日葵！我終於看到一朵向日葵了！」

它那排列整齊的金黃色的花瓣，使我立刻連想起梵谷筆下的太陽，其實，梵谷筆下的太陽都像正在燃燒著的旋轉的火球，有著一股迫人的力量，溫和的向日葵怎麼會像呢？我之所以會有這樣的聯想，也許是由於向日葵和太陽之間的關係吧，好淒美的希臘神話：一個癡心的少女天天望著英俊的日神阿波羅駕著金色的馬車從東方出來，然後又望著他從西方駕車回家去。也許是太陽神太忙了，他從沒有注意到凡間這個傾慕於他的少女。可憐的少女日日翹首仰望，始終得不到阿波羅的青睞，就這樣的鬱鬱而終。她死後，變成了一朵美麗的有著金黃色花瓣的花，仍然日日仰望著太陽。英國名詩人湯馬士・摩爾就有這樣的名句：「像向日葵一樣，當她的神祇上升時她面向著他；當他降落時，她也同樣轉向。」啊！這堅貞的愛情，是不是跟我國傳說中的望夫石或望夫山一樣？

有著金黃色的花瓣、黑褐色的花心的向日葵，嚴格說來並不美麗；但是，它那亭亭玉立、不蔓不支的風姿，倒也別具韻緻。有一部名叫為《幸福》的法國電影，就有許多向日葵的鏡頭，有特寫的大花，也有漫山遍野都是黃花的遠景。當銀幕上出現這些金黃色的花朵在陽光下和春風中搖曳著時，就有莫札特的單簧管五重奏作為配樂。鏡頭美，音樂也美，風格之高，簡直使人陶醉，使人夢寐難忘。

向日葵大約是很古老的一種花卉了（古希臘不就已經有了嗎？）李商隱也有過這樣的句子：「比園葵以自傾，畫惟向日。」想來，在我們大陸的故鄉，一定處處有向日葵的蹤跡，為什麼我始終不曾見過？

真想不到，這河岸上的孤芳（她原來只屬於太陽神阿波羅一個人啊！）卻被我這個橋上過客看到了。雖然車行匆匆，驚鴻只能一瞥；然而，在我的心版上已鐫下了一幅永遠不會磨滅的美好的圖畫。難道，這也是緣？

我不知道，像這樣一朵野生的花朵，是不是會有人對它注意？至於我，這個大自然的孺慕者，對於山川草木、花鳥蟲魚，也可以說得上像向日葵那樣的一片癡心了吧？向日葵，你這金黃色的花朵、多情的花朵，我祝福你永遠能夠與你的太陽神相親近。

生活隨筆之一

珠寶店前

有一個晚上，我跟幾個女伴去逛夜街。當我們走過一家裝飾得非常華麗的珠寶店門前時，她們都不約而同的駐足在櫥窗畔。蒼白的日光燈管使得她們的面孔發青，但是珠寶的光輝卻使她們的雙眸閃亮。我聽見她們在嘰嘰喳喳的議論著：那一個別針的式樣好看，那一隻戒指上的鑽石夠大，那一塊珊瑚的色澤美麗，那一串養珠顆顆渾潤。我一面驚訝於她們對珠寶知識的豐富，一面又為自己對當前的「美色」無動於中感到詫異。女人都愛珠寶，為什麼我對這些美麗誘人的礦物卻始終不感興趣？就像現在，她們幾個圍在那面巨大的櫥窗前面欣賞讚羨，而我卻像是她們的男友一樣，不耐煩地站在一旁枯等。

有一部名叫《第凡尼早餐》的電影，述說一個酷愛珠寶的女人每天早上必須到巴黎那家著名的「第凡尼珠寶店」去飽餐珠寶的秀色，這也是使我無法了解的一回事。而我，每天早上，只要有一份我愛看的報紙放在餐桌上，就非常滿足了。

炎夏的午後

炎夏的午後，天空有一片烏雲遮住了驕陽，於是，苦熱的人兒稍稍解除了一下烤邢之苦。我躺在光滑涼爽的竹蓆上，電風扇緩緩地吹送著暖暖的風。手中的一卷《柴可夫斯基書信集》翻動得很慢，因為我已深深被柴氏和梅克夫人之間動人的信簡沉醉。世界上果然有這麼真摯的友誼麼？而柴氏創作時的歡樂與痛苦，又是如何的引起我的共鳴呀！

隔室，傳來孩子的吉他聲，徐緩地、沉鬱地，一聲聲敲進我的靈魂深處，那正是柴氏第四交響樂第二樂章中的旋律。上午的時候，我為了要更了解柴氏這本書，曾經放了一次這張唱片，想不到，這憂傷的旋律竟也深深印在孩子的腦海中。如今，正好為我在閱讀這本書時作「配樂」。

有烏雲遮住炎陽，有清涼的竹蓆，有一本好書，有吉他在緩緩彈奏；長夏的午後，似乎也另有佳趣。

快樂的時光

在一天之中，我有許多次快樂的時光。

清早起床，神清氣足，想到一天又告開始，我有著興奮的快樂。把早上的家事做完以後，我也感到很快樂，因為在準備午飯之前，我還有一小段屬於自己的光陰，可以隨意支配。午飯後，我雖然只有半小時或者甚至更少的休息時間，但是我仍然很快樂，為的是我辛勞了一個上午，此刻可以躺下來看兩頁書，或者打一個盹兒。到了黃昏下班時，一想到馬上就可以回到可愛的家，我更是開心得想笑想叫。晚上，一天的工作完畢，暫時得以卸下雙肩的重擔，或在燈前寫讀，或者乾脆什麼也不做，就在電視機前舒舒適適的坐下來；這時，更是我一天中最愉快最輕鬆的時刻。

在一天之中，我有許多次快樂的時光；在不愉快的時候，我就等待著快樂的來臨。所以，我感覺到自己似乎時時刻刻都很快樂。

生活隨筆之二

當我們在一起的晚上

我常常想起了那個晚上，那個圍坐在燈下小酌的初秋之夜。雖則那個晚上距離現在已有半年多了，我還是常常會回到當時的情景裡去。

三個分別了已經二十年的親手足，加上兩個冠上了他們姓氏的妯娌，五個人圍坐在一張桌子上，慢慢的飲，細細的談；品嘗著滿杯的親情，傾吐著多年的積悃；小孩子們走過來吵鬧，C狠心地把他們趕到另外一間屋子裡去。因為，這是唯一屬於他們的最後一個晚上，明天，又將是另外一次分離的日子。

從遙遠的童年往事，談到每一家每一個孩子的個性；從兩地不同的事物，談到親友們海內海外的行蹤。自自然然地，他們又談到去世多年的父親以及陷在大陸的老母。忽然間，我聽見

C的聲音哽咽了，接著，他摘下眼鏡擦眼淚。然後，T和H也哭了起來。我好像還沒看過大男人掉眼淚，如今，他們卻真真正正的在我面前哭泣。當然，這是毋須隱藏的，那原是出自腑肺的思親之淚啊！

我的鼻子酸酸的，眼眶也濕潤起來。我自己的親愛的父親，原來也已經離這個世界快要兩年了。

用音樂作裝飾

我們家裡沒有人正式學過音樂，我們家裡只有兩把廉價的吉他。但是，美麗的樂音總是縈繞在我們的屋子裡。

孩子們可以用兩把吉他從柴可夫斯基交響曲的旋律奏到西部的民謠；我那「高不成低不就」的歌喉，也時時會在廚房中唱出荒腔走調的歌劇詠嘆調。中午只有一兩個人在家裡吃飯的時候，我們總是聽著唱片，讓波士頓交響樂團為我們奏出心愛的曲子。晚上臨睡前，也會讓收音機播出柔柔的小提琴曲，把我們送到夢鄉。

不記得是誰說的：「有了音樂作裝飾，即使茅茨也會變成皇宮」。也許我們自己「製造」出來的音樂微不足道、不登大雅；也許翻版的唱片太便宜了，沒有什麼價值；然而，我總是覺得自己的家華美得像一所皇宮，我們精神上的享受也不下於帝王。只因為，美麗的樂音經常縈繞在屋裡。

靜靜的日午

偶然偷得浮生半日閒，我一個人坐在窗前，在做著一種不需要使用目力的工作。當我放眼望向對面那所教堂側面廣大的庭園時，雲時間，我被一種靜謐的美懾住了。啊！庭院深深深幾許？林園寂寂，人跡杳然。日影從濃密的枝葉叢中篩下無數金箔，金箔灑在草坪上，幻成一幅彩色的織錦。那叢芭蕉的葉子綠得好濃好濃，一樹不知名的紅花都已嬌滴滴地錠放在樹頭。我望著望著，忽然感到心靈從來都不曾這樣寧靜過。我聽不見頭上的飛機聲，聽不見馬路上的汽車喇叭響；假使對面庭院中沒有麻雀在草地上跳躍，假使沒有微風穿過樹稍，我真懷疑自己是否進入圖畫裡。

這可喜的靜靜的日午，我的收穫不是對門的那幅幽麗的庭園畫，而是這一刻心靈上的寧靜。

輯四　家庭生活

雅俗之爭

有一天我們全家在晚飯桌上邊吃邊聊天。大概是由於我提出了「我們家裡誰最偏食？」這個問題的緣故，接著就是一連串「誰最高？」「誰最矮？」「誰最聽話？」「誰的成績最好？」「誰最貪吃？」這一類的問題被提出來。被選為「最」的，有人洋洋自得，有人噘著嘴不高興；有人默認，有人否認。不過，大家都覺得這樣的問題很好玩。

後來，不知是誰提出了：「誰最俗氣？」大家還沒有來得及回答，馬上又有人提出「誰最雅？」這個問題。

話才說出口，立刻，我成為十目所視十手所指的對象——我是家裡最雅的人。當然哪！自古以來，文人與雅士一向是相提並論的，我是個文人，自然也就是雅士，我被兒子們尊為最雅，是無須臉紅的。

接著，又有人問了：「第二個雅人是誰？第三個呢？」

大家都望著我，希望我以最雅之人的資格為他們提名。我清了清喉嚨，裝模作樣地說：

「老二、老三都喜歡畫畫，繪畫也是雅事之一，他們兩個不分名次是我們雅人會的會員。」

老二、老三得意地臉上帶著驕傲的表情立刻站到我的身邊來，並且還故意地問：「那麼，到底誰最俗氣嘛？」說時，他們的眼睛都盯住了老大。

「大哥！」老四快嘴快舌地接了下去。

可憐的老大，在一陣哄笑聲中，因為他的喜愛大紅大綠，注重物質生活，思想過於入世，而被公認為全家最俗的人。他很生氣，可是又寡不敵眾，只好喃喃地說：「俗又怎麼樣嘛？」來解嘲。

孩子的爸爸以愛看西部片、愛和俗客聊天、不喜歡文學、美術、音樂而被選為俗人第二名。老四則因為太沉迷於武俠小說被擯斥於雅人之外，當選了俗人中之最不俗者。他倒無所謂，撇撇嘴，不屑地說：「寧為雞口，毋為牛後，這樣總比當雅人中的最俗的好一點。」

從此以後，家中壁壘分明，一個雅人會，一個俗人會，互相對立。他們三人組的俗人會相安無事，倒是我們這個雅人會時起爭端。起初是我那兩個會員太跋扈，偶有一點雅的表現就想把我這個會長推翻，或者以「最雅之人」自命。後來則是我這個會長想唯我獨尊，每當老二、老三一有俗的行為，譬如聽熱門音樂、唱流行歌或者發表庸俗的言論的時候，我就以開除會籍來要挾他們。於是，我們的「對手」俗人會有志一同可樂啦！他們拍著手笑著說：「看哪！雅人們起內鬨了，就像詩人們爭桂冠一樣！」

我們臉紅了。既然自命為雅人，又怎能像一般世俗之人那樣的爭名奪利呢？

平常，我對於服裝方面不大講究它的質料和式樣，但是對顏色的調和卻十分注意，如果身上有三種以上的顏色我就覺得不能忍受。此外，我喜歡淡雅樸素的裝飾，日常穿戴，極少花花綠綠。偶然有一兩件，不是人家送的就是無意買來的便宜貨。自從當了雅人會長以後，假如我穿上一件顏色較豔的衣服，兒子們就會嘲笑我：「媽媽好俗氣啊！」看樣子，要是我不把那些俗氣的衣衫送走，我的雅人會會長恐怕就當不成了。

我現在不但在打扮上會時受彈劾，在家購置用品和布置居室時也常會遭受指摘。譬加：「這幅窗帘的花式俗不可耐！」「這個角落裡的陳設又紅又綠的，慘不忍睹！」「這是世界上最俗氣的玻璃杯！」諸自此類都是我經常要接受的逆耳之言。

連我這個最人都有俗的時候，等而下之，就更不必說了。現在，我的幾個兒子，不論是否我的會員，都學會了那可怕的扭扭舞，唱「披頭」怪聲怪調的歌，俗的程度，使我不忍卒睹。

其實啊！我們都是俗人，為了想附庸風雅，才拼命去挑剔別人的俗罷了！尤其是我，在放下筆的時候，手中拿的就是鍋鏟，掃帚和搌布之類，豈不是俗人中之最俗者？不過，話又得說回來，除非你能夠不食人間煙火，否則又如何完全免俗呢？

四與二之比

也不記得從甚麼開始的了，書架上我心愛的書常常無故失踪；然後，我又常常發現它們竟是轉移陣地到了老大的的書架上。自從這個謎底揭穿以後，假如我找不到某一本書，只要問一聲：「是不是你把我的書拿去了？」老大準會紅著臉點頭承認。或者我乾脆不用開口，在他的書架上、書桌上或者床頭，也可以找得到。

這個現象，使得我一則以喜，一則以悲。喜的是兒子已經長大，大得變成了我的讀書同好；悲的我的藏書本來已不夠豐富，如今遇到了予取予攜的同好，我的幾本破書還會有噍類嗎？

我從小就是一條書蟲。從小學時父親買給我的童話和各種少年文學名著、線裝的章回小說、舊詩詞之類開始，我就開始大量的啃書。初中時每天放了學就到書店裡去買廣益書局出版，以一折八扣作宣傳的銅版舊小說，因為價錢的確太便宜，得以漫無節制的購買，而我看這些小說也到了廢寢忘餐的程度。很奇怪的是，我同時也很愛看當時的新文藝小說，雖則只是一知半解，但仍然看得津津有味。小小的腦袋中，裝滿了新舊不同的思想，但是卻沒有發生矛盾和衝突，寧非異事？

到了高中以後，我的興趣轉移到西洋文學方面，於是，又成為啟明書局那些繙譯小說的長期顧客，一本一本的世界名著逐漸排斥了書架上銅版舊小說的地位，而我小小的腦袋中也開始容納了西方十九世紀浪漫主義的思想。以後，我選修的雖然是中國文學，但是我對西洋文學的愛好仍然保持到現在，就是從那個時期開始培養出來的興趣。可惜，我這一批批並不珍貴但卻是個人心愛的藏書，在經過了幾次戰火之後，都已經蕩然無存，跟著我到臺灣來的，只是幾本工具書而已。

做了母親以後曾經有一個時期把自己的全副身心都轉移到孩子身上，自己捨不得買書，可是孩子們的圖畫書和故事書卻供應不斷。說也奇怪，當孩子們不再需要圖畫書而自己也想回到書本裡的時候，忽然間，竟發覺孩子們已開始和自己爭讀同一本書，自己的童年又在孩子們身上重現。

真想不到，四個孩子之中，竟有三個是典型的小書呆子，加上我這個大書呆子（儘管我並不喜歡這頭銜，起碼在親友眼中我是如此），一家六口之中，書呆與不書呆，竟成了四與二之比，書呆的勢力十分雄厚。漸漸的，不書呆的丈夫和老三在我們書呆的眼中顯得很世俗，思想和嗜好也和我們格格不相入。說來很好笑，我、老大、老二和老四這四個書呆子，不特性格相同，而且體型也一樣。我們不是那種弱不禁風的書生，相反地，卻是體格壯健，肩膀寬闊（幾年前還有人以為我是籃球好手呢！）近乎體育家的體型；而那不書呆的兩位，反而身瘦腰長，體格較差。另外還有一個特點就是：我們四個書呆全都喜愛古典音樂，而那兩個非書呆子卻無所謂，古典不古典，他們一律照聽不誤。

在我們四個書呆子中，老大和我的藏書完全是同類型的，因為我們都是讀文的，喜愛完全一樣；我書架上的書常常不翼而飛到他的書架上，也就是這個緣故。這幾年，由於他當過家教，最近又去服役，每個月有幾百塊錢的收入，而他這幾百塊錢又幾乎全部用來買書，所以他的藏書也相當豐富，又厚又重的原版英文字典就有好幾本，德、法、西文的字典也俱全。此外，原版的世界文學名著、國學方面的書、哲學、新詩，文學評論，加上音樂方面的，真是琳瑯滿目，恐怕幾年也讀不完。近來，他對美術又發生興趣，開始搜集名家的畫集，至此，他的讀書趣味已完全跟我相同；文學、音樂與美術，原是三位一體，不可分割，也正是我從小到現在一直沉迷嚮往的啊！現在，我對老大藏書既羨慕而又頗有覬覦之心，雖則放在他架上的書我照樣可以閱讀，但全然希望據為己有。兒子知道我的野心以後，安慰我說：「媽，放心吧！我出國之後，這些書就仍都歸你所有了，不過，你得好好的讀啊！」真是的，這像甚麼話？兒子居然教訓起母親來？

老二念的是化學，但他志在物理，而且自從進入高中以後，就以理論科學家自許。他的書架和案頭，除了課本以外，幾乎清一色是物理方面的書，有許多書名我還看不懂哪！奇怪得很，也許是受了我和他哥哥的影響吧，他對文學和音樂也很有興趣，老大的哲學書籍、名著小說和音樂雜誌，全都變成了他的「消閒」書本。假使說老大和我是同道，那麼他也可以算得上是半同道了。

還在高中的老四，由於功課的繁重，他的性格雖然書呆，讀過的課外書卻不算多。小時候他跟我一樣，曾經沉迷於舊小說，《水滸傳》、《三國演義》之類，看了一遍又一遍。現在呢，他卻傾向於軍事、戰爭方面的書籍，甚麼戰史、大戰回憶錄、名將的傳記等磚頭型的書，看完一本又一本，一腦子的軍國主義思想。不過，我想這大概是無害的，這應該是一般男孩子的正常現象，正如他們都愛看西部電影一樣。

我們家中兩名非書呆子，也各有各人的書。丈夫的是無線電方面的，這些，我們誰也看不懂，他絕對不用像我那樣擔心它們會跑到別人的書架上。老三讀工業設計，他的課外書當然也是跟設計有關的。他搜集了大批英、日文的書報和雜誌，美術方面的書也不少。此外，他又是小說迷，從小學到現在，文友們送給我的書，他總是第一個搶先閱讀，有幾本小說他竟然看過三四遍。雖則如此，他並不能算是書呆子，因為在四個兄弟之中，他最外向，而且比較懂事和通情達理，一點也不呆。

書呆與非書呆，成為四與二之比。我想：這應該是個很理想的比率了，太不書呆，未免缺乏書卷氣；全都書呆的話，又怎能在這個現實社會裡生存呢？

孩子長大後

不記得是從甚麼時候開始的，除了舊曆年初一到長輩家去拜年以外，我們一家竟絲毫再也不能作任何「集體行動」。

使我意識到這件事實的存在，卻是從今年的元旦那天開始。元旦的前幾天，我作了一個很美好的計畫，難得全家都放假在家，何不全體去郊遊一次？剛巧有友人送了我們一捲彩色軟片，正好拍些有紀念性的鏡頭。郊遊之後，大家上館子吃一頓，盡一日之歡。還有，老大的女朋友我也要邀她一道參加，我家一向陽盛陰衰，有個女孩子調劑調劑，拍出來的彩色照也要美麗一些。

元旦的前一夜，在晚飯桌上我宣佈了這個消息。若是在幾年前，四個孩子準會高興得跳起來拍手歡呼；可是在今夜，我的一番話卻換來四張帶著歉意的面孔。

「媽，我已和她約好一早去爬山了。」老大有點難為情地說，「不過，我們可以趕回來吃晚上那一頓。還有，照相機給我拿去用好嗎？你們可以以後再拍。」

「媽，我也不能去。我們高中時代的同學有一個聚會。」老二也跟著這樣說。

然後，老三說他和同學要作腳踏車旅行，老四說跟同學約好了去打橋牌。

「好吧！照相機你們拿去用。我們兩老還是在家裡看電視算了。」我像一個洩了氣的皮球似的，嗒然若喪。一切都得怪自己不識相，兒子都這麼大了，誰還有興趣跟家中的「老頭」和「老娘」出去玩？廣東有一句俗話說「仔大仔世界」，兒子長大了，當然有他們自己的天地；雖則他們還不能獨立，但到底已不是小孩子了呀！

是的，這完全是我的不識相。他們拒絕跟我們出去玩這個事實，今天絕對不是第一次。近年來，我若是提議全家到甚麼地方去，他們一個個不是說功課忙就是說有事，結果不是只剩下我們兩老單獨行動，就是去不成。有時，某一部好的文藝片上映，我要請大家去看，他們也會因為不合興趣而拒絕。偶然，總算有一兩個答應跟我們一道去看，看完電影以後，我們想去逛逛公司，他們竟然寧願站在街上等，或者乾脆先走，分道揚鑣，都不肯跟著我們一道逛，因為他們認為逛公司是最傻的事。

有時，真的全家集體行動了，他們在路上在車上的過度沉默，跟我們就簡直像是陌生人一樣。老大是個詩人，坐在車上時，但見他臉向窗外，眼望雲天，不知到甚麼地方神遊去了。老二自命為科學家，這時大約正在心算他的方程式吧？老四生性本來就比較孤僻，現在正處在不大不小的尷尬年齡，就愈發不愛講話，甚至問他都懶得回答。看著這三個隱居在象牙之塔裡面、不懂人情世故、不知天高地厚、過分天真的青年人，我真替他們擔憂，將來怎樣出來闖天下呢？把這三個孩子訓練成為地道的書呆子，又是不是我的過錯呢？

四個孩子之中，老三是比較不同的一個，由於幾年來住校的關係，他學會了照顧自己，也比較懂得待人接物之道。然而，他又似乎活躍得過了頭，功課馬馬虎虎，課外活動卻樣樣包辦。球賽、聯誼會、舞會次次參加，絕不落空；當代表，任採購，服務熱心驚人。丈夫和我都是內向木訥、不善交際的人，不知為甚麼會出了一個這樣活躍的兒子？

人人都說我有四個好兒子，因為他們上的都是一流的學校，功課又棒；但是，我卻懷疑自己的教育法是不是失敗了。我的過分照顧，過分體貼他們，使得他們變成了四肢不勤、五穀不分的無用書生（老三除外）。上大學的老二每天還要問我穿甚麼衣服，上高三的老四每天不疊被就去上學。他們拒絕穿西裝、打領結，一副名士風流的派頭；他們的頭髮，非要我三番四次的催促，絕對不肯去理。在他們的心目中，人生除了讀書，就沒有第二件事。他們不單只活在象牙之塔裡，而且簡直是溫室中的花朵。一旦，當他們離開這個溫室之後，是否經得起世間上的風霜雨露，真是大成問題。

當孩子幼小的時候，做父母的睡不穩，吃不安，一把尿、一把屎的辛辛苦苦地帶著他們，真是巴不得一下子把他們吹大。然而，當他們長大了，做父母的又懷念起他們小時候的種種可愛之處，而感到有點悃然若失。人就是這樣一種矛盾的動物。

可不是，我現在就在懷念他們小時候的情景。四個玉雪可愛的胖嘟嘟的小男孩，穿著露背的短工裝褲，我們每個禮拜天都要帶他們出去郊遊一次，鄰居們看見了都嘖嘖稱羨。我們近則到新公園、植物園、動物園，遠則到新北投、陽明山、碧潭、淡水、基隆。四個孩子都最喜歡坐火車、看火車。有時，即使不去郊遊，我們也會帶他們到鐵路附近，讓他們把那條「黑色的巨龍」看個痛快。

當他們坐在火車上的時候，就會拍著小手一起唱：

「火車快飛，火車快飛，穿過山洞，經過田野，一天會走幾百里。快到家了，快到家了，媽媽等在月臺裡。」

一眨眼，這已經是十幾年前的事了，為甚麼那首兒歌我還記得清清楚楚？還唱得出來？我問孩子，還記得那首火車的歌嗎？他們個個搖頭。我唱給他們聽，他們還說我老天真。

寫意的一刻

多少年來，自從孩子們全部進入中學，必須帶飯盒上學以後，我家的午餐就成為一日中最簡單最清靜的一餐。因為丈夫上班的地點離家太遠，中午不能回來，於是，中午這一頓，就是我一個人的天下。

有很多人不慣獨吃，認為獨吃會影響到胃口，我卻恰好相反。我覺得，一家人團桌進食，共聚天倫，固然其樂也融融；但是，一個人獨吃，卻也別有風味。

家中只剩下我一個人吃飯的時候，我總是下麵條來吃，有時也會炒點米粉，或弄點炒飯和稀飯，總之是以最簡便為原則。至於像外國人那樣簡單到只喝一杯咖啡，吃兩片三明治，我一則吃不慣，二則也吃不飽，倒是從來沒有嘗試過。做一個人的午餐，由於量少易做，我的烹飪技術總是特別棒。鹹菜肉絲麵，湯濃味美，炒出來的米粉或炒飯色香味都勝於館子的；魚片粥裡加些薑絲、蔥絲、芫荽和胡椒末，又是地道的廣東風味。

當我一個人獨吃時，我必定攤開一本書來作伴。這時我所選的都是小說或者比較輕鬆的雜誌，一面吃一面看，愈吃愈有滋味，不禁胃口大開，食量頓增。如果今天所選的是一篇好小說或者一篇雋永的文章，那就更是快活無窮，覺得此中樂，雖南面王不易。

今年，我家老大服役去，老三又住校，家中人口頓時簡單起來，我花在膳食上的時間也相對的減少；不過，上大學的老二卻很多時候在家吃午飯。兩個人的中餐，我仍然以吃麵為主，一則麵食富營養，二來也簡單易做。老二在家吃飯，並沒有影響我邊吃邊看書的習慣，因為他也是我的同道。於是，每天中午，在我家光線十分充足的廚房裡，兩人對坐在小桌子的兩頭，一個人面前攤開一本書，就各自神遊在自己的天地中。如果所看的書剛好是兩個人都看過的，有時也利用這個時候展開討論。

飯後，不必忙於收拾，兩隻碗兩雙筷，大可以留到晚上一起洗。這時，我們又各自捧著自己的書回到自己的房間裡，往床上一躺，繼續神遊下去，到雙眼疲倦了，就打十分鐘的盹兒。一覺醒來，神清氣足，舒暢無比。

我很喜愛這段午飯的時間，因為它是我一天中最寫意的一刻。

畢璞全集・散文08　PG1274

心底微波

作　　者	畢　璞
責任編輯	陳佳怡
圖文排版	周妤靜
封面設計	楊廣榕
出版策劃	釀出版
製作發行	秀威資訊科技股份有限公司 114 台北市內湖區瑞光路76巷65號1樓 電話：+886-2-2796-3638　傳真：+886-2-2796-1377 服務信箱：service@showwe.com.tw http://www.showwe.com.tw
郵政劃撥	19563868　戶名：秀威資訊科技股份有限公司
展售門市	國家書店【松江門市】 104 台北市中山區松江路209號1樓 電話：+886-2-2518-0207　傳真：+886-2-2518-0778
網路訂購	秀威網路書店：http://www.bodbooks.com.tw 國家網路書店：http://www.govbooks.com.tw
法律顧問	毛國樑　律師
總 經 銷	聯合發行股份有限公司 231新北市新店區寶橋路235巷6弄6號4F 電話：+886-2-2917-8022　傳真：+886-2-2915-6275
出版日期	2015年3月　BOD一版
定　　價	260元

Printed in Taiwan

國家圖書館出版品預行編目

心底微波 / 畢璞著. -- 一版. -- 臺北市 : 釀出版,
2015.03
面 ;　公分. -- (畢璞全集. 散文 ; 8)
BOD版
ISBN 978-986-5696-77-1 (平裝)

855　　104000347

讀者回函卡

感謝您購買本書，為提升服務品質，請填妥以下資料，將讀者回函卡直接寄回或傳真本公司，收到您的寶貴意見後，我們會收藏記錄及檢討，謝謝！如您需要了解本公司最新出版書目、購書優惠或企劃活動，歡迎您上網查詢或下載相關資料：http:// www.showwe.com.tw

您購買的書名：______________________________

出生日期：________年________月________日

學歷：□高中（含）以下　□大專　□研究所（含）以上

職業：□製造業　□金融業　□資訊業　□軍警　□傳播業　□自由業
　　　□服務業　□公務員　□教職　□學生　□家管　□其它____

購書地點：□網路書店　□實體書店　□書展　□郵購　□贈閱　□其他

您從何得知本書的消息？

□網路書店　□實體書店　□網路搜尋　□電子報　□書訊　□雜誌
□傳播媒體　□親友推薦　□網站推薦　□部落格　□其他________

您對本書的評價：（請填代號　1.非常滿意　2.滿意　3.尚可　4.再改進）

封面設計____　版面編排____　內容____　文／譯筆____　價格____

讀完書後您覺得：

□很有收穫　□有收穫　□收穫不多　□沒收穫

對我們的建議：______________________________

____

____

____

請貼
郵票

11466
台北市內湖區瑞光路 76 巷 65 號 1 樓
秀威資訊科技股份有限公司 收
BOD 數位出版事業部

（請沿線對折寄回，謝謝！）

姓　　名：＿＿＿＿＿＿＿＿ 年齡：＿＿＿＿ 性別：□女　□男

郵遞區號：□□□□□

地　　址：＿＿＿＿＿＿＿＿＿＿＿＿＿＿＿＿

聯絡電話：(日) ＿＿＿＿＿＿＿＿ (夜) ＿＿＿＿＿＿＿＿

E-mail：＿＿＿＿＿＿＿＿＿＿＿＿＿＿＿＿